DÖRLEMANN

Raija Siekkinen

Wie Liebe entsteht

Erzählungen

Aus dem Finnischen von Elina Kritzokat
Mit einem Nachwort von David Wagner

DÖRLEMANN

Die Originalausgabe »Kuinka rakkaus syntyy« erschien 1991
bei Otava in Helsinki.

*Die Übersetzerin dankt FILI – Finnish Literature Exchange,
dem Deutschen Übersetzerfonds sowie Helena Saari,
Joel Haahtela und Peter Walter.*

Der Verlag dankt FILI für die Unterstützung bei der Publikation.

Dieses Buch ist auch als Dörlemann eBook erhältlich.
ISBN (epub) 978-3-908778-57-8

Deutsche Erstausgabe
Alle deutschsprachigen Rechte vorbehalten
© 1991 Otava Publishing Company, Helsinki
© 2014 Dörlemann Verlag AG, Zürich
Umschlaggestaltung: Mike Bierwolf unter Verwendung eines
Fotos von Tiina & Geir/Cultura/Getty Images
Porträt Raija Siekkinen: Irmeli Jung
Satz: Dörlemann Satz, Lemförde
Druck und Bindung: CPI – Clausen & Bosse, Leck
ISBN 978-3-03820-008-6
www.doerlemann.com

Raija Siekkinen

Inhalt

Der letzte Sommertag

Ein Stück vom Ufer entfernt hob sich ein großer flacher Felsen aus dem Wasser. Alle, die ins Wasser gingen, schienen darauf zuschwimmen zu wollen, doch erst zwei hatten es im Laufe des Nachmittags bis dort geschafft. Mehr als ein paar hundert Meter waren es nicht, doch ein Großteil der Strecke lag ungeschützt, die Wellen kamen hoch und unregelmäßig. Man drehte lieber um und ließ sich zurücktreiben, ins ruhige Wasser vor dem Wellenbrecher.

Es war einer der letzten warmen Sommertage. Nach den Sommerferien hatte noch mal eine Hitzewelle eingesetzt, und der Strand, der schon zwei Wochen herbstlich verlassen gelegen hatte, nichts als plattgeregneter Sand, Blätter und Treibgut, war mit einem Mal wieder voller Leben. Die Sonne stand jedoch tiefer, und die Menschen wirkten langsam und träge, als wollten sie den Aufbruch hinauszögern.

Anna saß schon zwei Stunden hier, ein Stück vom Wasser entfernt, und schaute den Schwimmern zu, die den Felsen ansteuerten und dann umkehrten, als hätten sie gar kein Ziel gehabt. Hin und wieder sah sie zu dem Mädchen mit Zöpfen, das neben ihr eine Sandburg auftürmte und bröckelnde Stellen geduldig mit feuchtem Sand ausbesserte, der nach einer Weile doch wieder zu rieseln begann. Verstohlen musterte sie den Mann, der sich mit dem Blick zu ihr auf seinem Handtuch niedergelassen hatte und dessen dürre Beine sie abweisend angestarrt hatte, bis er sich wegdrehte. Jetzt sah sie seinen schmalen, knochigen Rücken, die Wirbelsäule wie ein Band verschieden großer Perlen. Anna lächelte, bohrte die Zehen in den Sand, bis sie die feuchte kühle Schicht berührten, und schloss die Augen.

Irgendetwas kitzelte in ihrem Nacken. Sie schüttelte energisch den Kopf, wischte mit der Hand über die Haut. Eine Mücke, dachte sie, aber es war ein Grashalm, der sich nicht fangen lassen wollte: Ari war vom Zigarettenholen zurückgekommen. Anna drehte sich um, lächelte matt, zündete sich eine Zigarette an und nahm ihre alte Position ein, das Gesicht zur Sonne. Schon spürte sie wieder den Grashalm, jetzt wanderte er ihren Rücken hinab.

»Du, hör mal.«

»Ja?«

»Sollen wir nicht doch heiraten?«

Jetzt drehte sich Anna nicht zu ihm um. Ein frischer Wind strich ihr über die Haut, ließ sie an den Abend denken, daran, dass der Strand sich heute vielleicht zum letzten Mal in diesem Jahr leeren würde, dass der Sand bald nassregnen und gefrieren würde, schließlich unter Schnee läge und das Meer still unter Eis.

Wieder wagte sich jemand aus dem Schutz des Wellenbrechers hinaus. Anna beobachtete, wie der immer kleiner werdende Kopf sich dem Felsen näherte – und kurz davor umdrehte. Alle wollen hin, dachte sie, und niemand schafft es. Die Bedeutung des Felsens, eines ganz gewöhnlichen Felsens, der sich sanft aus den Wellen hob, wurde größer mit jedem, der es vergeblich versuchte.

Als sie sich in den Sand legte, mit dem Kopf auf dem Unterarm, und die Augen schloss, wusste sie, dass der Sommer vorüber war; der wärmste seit hundert Jahren. Vom Frühjahr bis in den Herbst hatte die Hitze mit nur wenigen Unterbrechungen über dem Land gelegen, unbewegt, das Meer war ruhig und warm gewesen, morgens hatte es sogar zart gedampft. Die Leute, verblüfft von solch einem Wetter, hatten die Terrassen der Restaurants bevölkert, bis den Brauereien das Bier ausging. Noch nie hatte ein Sommer sich so lang angefühlt, dachte Anna, und sie, die Wärme liebte, hatte noch nie zuvor sein Ende herbeigesehnt.

Ein Schatten fiel auf ihre geschlossenen Augen; das Rot der Sonne wurde fast schwarz, dann wieder rot. Anna machte die Augen auf. Das Mädchen mit den Zöpfen war mit einem Eimer vorbeigelaufen und befeuchtete jetzt die Sandburg mit frischem Wasser. Die Wände bröckelten trotzdem weiter. Da, wo das Mädchen sie befeuchtet hatte, bröckelten sie vor Nässe.

Der Sommer, dachte Anna und sah in den Himmel. Blau und leer. Ihr fiel ihre Mutter ein und wie sie, damals schon unheilbar krank, unter Wolldecken auf dem Sofa gelegen und ihr einen Brief gereicht hatte.

»Da! Das schreibt diese Frau mir jetzt.«

Der Brief war eine wirre, in immer neu ansetzenden Varianten verfasste Bitte um Entschuldigung, die Schrift schief, die Wörter übereinander stolpernd.

»Beste Freundin!«, hatte ihre Mutter ausgestoßen. Die Wörter spritzten wie Spucke von ihren Lippen, und als Anna ihr den Brief zurückgab, ließ sie ihn zu Boden fallen wie Müll.

Gegenüber, erinnerte Anna sich, hatte ihr Vater gesessen, hüstelnd und rot angelaufen, und auf den Riss im Korkteppich gestarrt, als würden dort gefährliche Insekten hervorkriechen.

Von dieser Szene war etwas in ihr geblieben, dachte Anna. Und dabei ging es nicht um ihren Vater, dessen Rolle unbedeutend schien, so gewöhnlich, dass es einen höchstens verdross. Nein, es war die desillusionierte Klarheit, die aus dem Gesicht der bettlägerigen Mutter leuchtete, die Anna nie vergessen würde und die mit dem Fortschreiten der Krankheit nur noch reiner wurde. Sobald alle Wünsche und Hoffnungen dahin sind, dachte Anna, hat der Mensch eine Grenze überquert und schüttelt auf der anderen Seite den Kopf über seine Taten und Motive, löst sich schließlich. Dann folgt die Beerdigung.

Anna kannte ihre Mutter auch anders. Sie erinnerte sich, dass sie wenige Jahre zuvor mit zu vielen Beruhigungsmitteln im Blut auf demselben Sofa gelegen und geweint hatte, ein Weinen, das nicht von Trauer, sondern von erschöpfter Wut herrührte. Ihr Vater kam in dieser Erinnerung nicht vor; er hatte mit seinem Mantel draußen gestanden und auf den Bus in die Stadt gewartet, oder er war noch hastig durch die Wohnung gegangen, hatte dann die Tür zugeknallt und ein Taxi genommen, das auf der Straße bereits auf ihn wartete. Anna blieb bei ihrer Mutter. Früher war sie oft mit ihrem Vater mitgegangen, zur Arbeit, zu Ausflügen und Weihnachtseinkäufen. Als sie nun da bei ihrer Mutter saß, schien es, als sei sie endlich alt genug, um die andere Seite der Geschichte zu sehen, und dass ihre Mutter sie auf das Leben als erwachsene Frau vorbereitete. Als sie in das von Wut und Weinen verzerrte Gesicht sah, dachte sie: Das alles werde ich mir ersparen.

Die Zeit verging. Ihre Mutter erkrankte, und schon bald wurde deutlich, dass sie nicht mehr gesund werden würde.

Hätte sie sich rechtzeitig scheiden lassen, wäre sie heute noch am Leben, hatte Anna oft gedacht. Jetzt dachte sie, wie sehr ihre strikte Auffassung, die durch viele Gespräche nur noch stärker geworden war, ihr Leben geprägt hatte und dass sie kaum wusste, was sie aus sich selbst heraus und was sie ihrer Mutter wegen getan hatte.

Die Sonne war gewandert. Anna richtete sich auf und sah nach, was ihre Beine beschattete. Ein weit entfernt im Sand stehender Baum, eine windzerzauste kleine Kiefer warf einen Schatten, um ein Vielfaches länger als sie selbst. Als sie sich wieder zurücklehnte, sah sie zu Ari. Er lag auf dem Rücken und hatte die Augen geschlossen, in seiner Hand brannte eine Zigarette. Sein Gesichtsausdruck verriet, dass er über etwas nachdachte. Bei diesem Anblick fiel Anna auf, dass es eine Zeit gegeben hatte, in der ein Männergesicht mit diesem Ausdruck sie in Unruhe versetzt hatte. Heute nicht mehr. Heute blickte sie einfach in ein Dunkel, in dem alte Völker auftauchten, Opferzeremonien, Kämpfe, niederbrennende Städte, über all dem ein heißer Wind. Die Bilder stammten aus kulturgeschichtlichen Werken und Annas Träumen. Manchmal schüttelte sie lächelnd den Kopf und wurde ganz nüchtern: sah den Mann an ihrer Seite mit Aktentasche nach Hause kommen, den Mantel ablegen, das Radio einschalten. Doch irgendwann stieg wieder ein dünner Rauchfaden aus der Einöde auf.

Anna legte sich wieder hin, auch sie mit einer Zigarette. Sie ließ die Augen umherwandern. Der letzte Tag des Sommers, dachte sie, für alle hier. Für das kleine Mädchen, obwohl sie es noch nicht weiß, und für den dünnen Mann, der es genau weiß und sich deshalb in ihre Nähe gesetzt hatte.

Anfang August war es gewesen. Sie war mit dem Wagen den schmalen, schattigen Weg entlanggefahren, ganz langsam. Die Scheinwerfer hatten die Büsche und Bäume aufleuchten lassen, alle nacheinander, nur für einen kurzen Moment. Sie waren ihr vertraut, und da sie davon ausging, sie ein letztes Mal zu sehen, war jeder erhellte Zweig, jedes von Staub und dem nahenden Herbst erblasste Blatt kostbar. Anna fuhr aufmerksam, wie um zu bewahren, was sie sah und hörte: das Geräusch der Reifen, die im weichen Sand einsanken, das Vorangleiten des Scheinwerferlichts, den Geruch der Zigarette, der allmählich durchs offene Fenster verschwand, die Kühle der Bierflasche in der Tasche ihrer Sommerjacke. Am letzten Hügel hatte sie die Scheinwerfer und den Motor abgestellt und das Auto bis zur Mulde unter den Bäumen rollen lassen, wo es von selbst stehen blieb. Sie stieg aus, überquerte den Bach und betrat den Acker, in dessen Erde ihre Schuhe tief einsanken. Auf der anderen Seite stand das Haus, dunkel und mit dem hohen Dach, unter den noch höheren Fichten. In der Mitte des Ackers blieb Anna stehen, hockte sich hin, öffnete die Bierflasche. An der Hauswand lehnte ein Fahrrad, drinnen wurde eine Kerze von einem Raum in den anderen getragen und dann gelöscht. Der schwache Geruch von Kaminfeuer hing noch eine Weile in der Luft, löste sich dann auf.

Anna trank langsam, wandte den Blick nicht vom dunklen Haus, ging in Gedanken durch die Zimmer, stieg die Treppe hoch: da, hinter dem Fenster das Meer, und hinter dem das Birkenwäldchen; dort die Tür, die immer knarrt, hier das glatte Holzgeländer unter der Hand. An einer Tür blieb sie stehen: In diesem Zimmer habe ich gewohnt, in diesem Bett geschlafen. Sie trank die Flasche leer, vergrub sie in aller Ruhe tief in der Erde, stand auf, drehte sich um, ging zum Auto und fuhr zurück, als wäre der Weg ein x-beliebiger.

Sie erinnerte sich an ihren Aufbruch zur Insel und ihren Entschluss, nie mehr wiederzukommen. Eine Woche lang war sie dort geblieben. Die ganze Zeit über hatte das Meer ruhig gelegen und weißen Dunst geatmet, der die Insel in ein unwirkliches Dämmerlicht tauchte, sie in sich einschloss. Auch der Himmel war von diesigem Weiß überzogen, hinter dem das fahle, scharf umgrenzte Rund der Sonne glomm. Jeden Tag hatte Anna die Felsen der Insel umrundet, sie erinnerte sich an das Glitzern der feuchten Spinnennetze in den Bäumen, die vielen hellen Tauperlen darin. Nachts lag sie auf der schmalen Pritsche im Sommerhaus, dem eines Freundes. Jahrzehntelang hatte niemand darin gewohnt, die Tapeten waren von Wasserschäden streifig gemustert. Abend für Abend glitt ein festlich beleuchtetes Kreuzfahrtschiff an der Insel vorbei aufs offene Meer, Anna sah Menschen beim Essen, für Momente drang sogar Tanzmusik zu ihr. Die frühen Morgenstunden gehörten den Tankern, dunkel und leise dröhnend, und erst lange, nachdem ein Schiff vorübergezogen war, rollten die Heckwellen ans Ufer, schlugen auf die Steine, schnalzten in den Höhlen.

Allmählich wuchs in ihr ein Gefühl. Ihr ganzes Leben wurde erkennbar, mit allen Entscheidungen, Irrtümern und Fehlern, durcheinander, dennoch ganz, und mit jeder Nacht fanden die Teile deutlicher zu einer Ordnung, die eine zarte Linie ergab, einen dünnen Silberfaden, an einigen Stellen fast durchgenutzt. Anna hatte auf dem Felsen gestanden, ihr Leben betrachtet und gewusst, dass es nur eine Richtung gab.

»Und, was sagst du?«, hörte Anna Ari fragen, und ohne die Augen zu öffnen oder ihre Position zu verändern, antwortete sie:

»Warte noch ein bisschen.«

Anna sah sich im Park stehen, unter den Bäumen auf dem frisch gemähten Rasen, der nach Herbst roch, nach kaltem Morgentau und langsamem Vermodern, und durch die Äste hindurch zu ihrer Wohnung schauen, zum Licht in den Fenstern.

Sie ließ die letzte Schmerzwelle über sich hinwegspülen und dachte an den Schritt, den sie wie über eine unsichtbare, in den Rasen gezogene Linie gemacht hatte, an den Schlüssel und wie sie ihn ins Schloss gesteckt hatte. Wie sie mit ihrer schwarzen Tasche in der Küche gestanden hatte und dann mit einer

Schwere, die alle vergangenen und zukünftigen Taten enthielt, auch die unterlassenen, auf den Mann zugegangen war, der dort auf sie wartete.

»Tja«, sagte Anna. Sie machte die Augen auf. Der dünne Mann sah zu ihr, und mit dem Bewusstsein alten und kommenden Kummers erwiderte sie seinen Blick mit einem sanften Lächeln. Sie sah zu dem Mädchen, dessen Burg fast fertig war, lächelte auch ihm zu und dem leerer werdenden Strand, auf dem der Wind einen einsamen Ball vor sich hertrieb.

»Lass uns noch schwimmen gehen, bevor wir aufbrechen«, schlug Ari vor.

»Gut«, antwortete Anna, ohne aufzustehen. Da war noch etwas, dachte sie, und beim Anblick der endlosen, leeren Horizontlinie fiel es ihr ein: der Brief, den ihre Mutter zusammengeknüllt und auf den Boden geworfen hatte. Wochenlang hatte er dort gelegen. Immer, wenn ihre Mutter sich aufs

Sofa legte, prüfte sie, ob er noch da war. Niemand wagte ihn anzurühren. Wie eine kunstvoll aufgestellte Falle lag er da, und Anna erkannte, dass sie in diese Falle hineingetappt war, dort festgehangen hatte wie ein Insekt auf Fliegenpapier, für Jahre.

Sie schaute sich um. Der dünne Mann war aufgestanden und warf ihr einen letzten Blick zu, bereits ohne Hoffnung. Ihre Beine wurden von den wachsenden Schatten der Bäume bedeckt. Sie stand auf, nahm ihr Handtuch, ging mit langsamen, im Sand einsackenden Schritten Richtung Parkplatz. Sie sah das Mädchen die Wände der Sandburg glattstreichen, dann einmal, zweimal in die Burg treten, den Wassereimer über ihr ausleeren und zum Ufer rennen.

»Sollen wir nun oder sollen wir nicht?«, fragte Ari, und Anna dachte: heiraten oder schwimmen gehen, und auf beides antwortete sie: »Ja.«

»Lass uns zu dem Stein schwimmen«, sagte Ari, als sie am Ende des Wellenbrechers angelangt waren.

»Schaffen wir das?«, fragte Anna.

»Na klar, kein Problem.«

Das Wasser war kalt, legte sich wie ein Ring um den Hals. Anna sah den Felsen vor sich, entfernt noch, und während sie die Wellen abwartete, sich von ihnen heben ließ und dann in den Tälern schnell voranschwamm, spürte sie schon fast seine körnige Wärme unter der Haut, sah den kleinen hellgrünen Algengürtel um ihn herumwogen, berührte schon beinahe die harte Oberfläche.

Die schwarze Sonne

Das Leben hatte eine Falle aufgestellt, von deren Existenz ich erst wusste, als es zu spät und die Falle zugeschnappt war und die Zeit geteilt hatte: Es gab die Zeit davor und die danach, und das Einzige, was blieb, war weiterzumachen. Der Wind wehte Herbstblätter übers nasse Pflaster, Regen sprenkelte die Fensterscheiben, von morgens bis abends, Tag für Tag, und ringsum hallte die Welt, die immer unbegreiflicher wurde, ihre Farbe verlor, an einen Kranken mit zwanghaften Bewegungen erinnerte. Reden war nicht möglich, man konnte sich nur gegenseitig in die Augen sehen, bis zu dem Punkt, an dem die Augen sich wieder schlossen, und ganz dicht an den anderen heranrücken, im Dunkel, das nur kurz vom zitternden Streif des Nachmittags erhellt wurde, fröstelnd trotz warmer

Kleidung und mehrerer Decken, wie nackt und allem ausgeliefert. Nachts lärmten durch ihre Träume fremde Leute, die sich nicht in Schranken weisen ließen, und morgens präsentierte eine immer weiter entfernte Wirklichkeit ihre schwächer werdenden Angebote: Laub harken, zum letzten Mal im Herbst den Rasen mähen, und das Telefon klingelte lange, ehe es verstummte.

Da war etwas. Ihre Gedanken umkreisten es scheu und wurden gleichzeitig von ihm angezogen: ein abstrahlender Kern, eine schwarze Sonne, die das ganze Leben beschien.

Aber die Handwerker waren bestellt, schon im Frühjahr, und im Herbst kamen sie. Wenn sie morgens um sieben an der Tür klopften, musste man aufmachen, dastehen und zuhören. Sie brauchten die Kellerschlüssel für die Farbeimer, mussten den Farbton für die Türen wissen, benötigten die gewünschte

Zaunhöhe und den Abstand zwischen den Latten, fragten, ob sie Schrauben oder Gewindestangen nehmen sollten und ob wir im Garten eine Terrasse planten, und man musste antworten, musste überlegen. Man musste mit nackten Füßen auf dem Rasen stehen, mal auf dem einen und mal auf dem anderen, da es kalt war, und die Löcher begutachten, in die die Zaunpfosten kamen, und zugleich an den Zigarettenrauch der letzten Nacht denken, der zu den soeben geöffneten Fenstern hinauszog, und dass auf dem Tisch und dem Fußboden benutzte Kaffeetassen und ungeleerte Aschenbecher standen und im Kühlschrank jede Menge Essen wartete, auf das niemand Appetit hatte und das bereits roch, und dass überall ein Verstummen lauerte und noch etwas, das sich nicht benennen ließ.

Draußen, hinter den zugezogenen Vorhängen, stand ein sieben Meter hohes Baugerüst, morgens beendete das Geräusch der Kreissäge den Schlaf. Alte Farbe wurde von den Wänden gekratzt, die Unterhaltung der Maler drang durch die Fenster. Sie sprachen über Wechsel, die demnächst fällig wurden, und solche, die bereits eingelöst worden waren, und ab und zu kam der Zimmermann und sagte den Malern, wie man ein Haus zu streichen hatte, und die Maler sagten dem Zimmermann, wie man einen Zaun baute.

Der Bauunternehmer schaute vorbei, ein dicker, lauter Mann mit kurzen Beinen und Armen wie ein Sumoringer, und schimpfte, weil sein Geld verpulvert wurde.

»Hört auf mit dem Abkratzen, Farbe drauf und gut!«, brüllte er aufs Baugerüst.

Von oben tönte es: »So können wir das nicht lassen! Sieh zu, dass du unseren Lohn zusammenkriegst!« – »Das ist ein denkmalgeschütztes Haus!«

Der Bauunternehmer zog ab. Während der Mittagspause saßen die Maler im Park gegenüber, tranken Bier und erzählten den Passanten, dass das Haus unter Denkmalschutz stand und wie es gestrichen wurde und wie lange der Anstrich halten würde: Wenn er zwei Winter und einen Sommer unbeschadet überstand, dann mindestens zehn Jahre. Der Zimmermann aß seine Brote vor dem Haus, trank Quellwasser und redete von seinen Lachsnetzen, ob der Lachsdieb wohl wieder zugange war oder zu wenig Senkgewichte an den Netzen hingen, jedenfalls hatte er seit fast einer Woche keinen Lachs mehr gekriegt. Wir saßen auf dem von der Vormittagssonne erwärmten Rasen, unter dem die Erde schon wieder kälter wurde, und dachten uns eine Falle für den Lachsdieb aus, kamen immer wieder darauf zurück, dass wir in unserem eigenen Netz den ganzen Sommer über nur einen einzigen Lachs gehabt hatten, der jetzt in der Tiefkühltruhe lag, steifgefroren, fast einen Meter lang, wer sollte so einen Lachs essen. Dann ging es um das Meer und die Gefahren des Fischfangs im Herbst, alles hörte sich an wie aus einem früheren Leben, und wir wussten, dass das Netz nutzlos im Wasser hing, dass bereits Algen daran klebten und kein Stück Netzschnur mehr sauber war. Mit jedem Tag wurde das Netz schwerer, wer würde es heben, wer reinigen, und wann? Wir gingen ins Haus und zogen die Vorhänge zur Seite, öffneten die Fenster, redeten weiter übers Netzheben und über die Lachse, die wir noch fangen würden.

Als die Fassade gestrichen war, begannen die Handwerker zu trinken. Sie saßen mittags mit Koskenkorva-Wodka und Aperita-Rotwein im Park, auch nach Feierabend, und die Leute schauten von den Parkbänken zum Haus herüber, dessen Vorderseite mit dem spitzenartigen Schmuckstreifen frisch glänzte, während auf den übrigen drei Seiten noch die alte graue Farbe abblätterte. Der Bauunternehmer musste die Handwerker suchen gehen, ebenso – am Zahltag – die geschiedene Frau des einen Malers. Als die Herbststürme und Regenfälle kamen, hieß es, dass man jetzt nicht streichen könne, und als eine lange milde Periode einsetzte, war die Farbe alle, und der Bauunternehmer lieferte keine nach. Inzwischen zogen die Handwerker am Zahltag los und suchten den Bauunternehmer. Irgendwann saßen sie müde an der Hauswand und warteten auf sein Erscheinen. Vergeblich.

»Der hat zehntausend beim Toto verspielt, der bezahlt uns nicht.«

»Der kommt nicht mehr.«

»Nee.«

Also mussten sie den Handwerkern Geld auslegen, mit ihnen in der dunkler werdenden Küche sitzen und den Gesprächen zuhören. Einer hatte gesehen, wie ein Waldarbeiter an der Säge sein Bein verloren hatte und verblutet war, ehe er auch nur einen

Satz von sich geben konnte; ein anderer war in einem Auto mitgefahren, das gleich, nachdem er ausgestiegen war – direkt an der nächsten Kreuzung –, einen Unfall hatte, niemand aus dem Auto überlebte.

»Der Nachbarsjunge ist durch die Windschutzscheibe geflogen, nur die Beine sind im Auto geblieben, er war sofort tot.«

Einer hatte zwei Männer umgebracht, aber nur der Gerechtigkeit wegen und um die gute Sache zu verteidigen, also eine Frau, und ein anderer hatte die Mutter bei seiner Geburt verloren. Die Maler tranken Kaffee und Bier, der Geschirrstapel wuchs, und als sie das Licht anmachten, kniffen die Maler die Augen zusammen. Sie hörten von einem Mann, dessen Hand abgetrennt wurde, vor Schock stand sein Blut still, erst nach einer Ohrfeige wich der Schock, der Mann verblutete. Das Bier ging zur Neige, von draußen hörte man den Feierabendverkehr, das Abbremsen und Beschleunigen klang anders als tagsüber. Die Maler fingen an, von Frauen zu reden, was für welche sie gehabt hatten und was für welche sie haben könnten, schließlich gingen sie nach Hause.

Eines klaren Morgens waren die Bäume kahl. Der Wind hatte nachts alle Zweige entlaubt und die Blätter im Park und auf der Straße ausgebreitet. Da lagen sie, wie ein goldener Teppich aus einem Kindheitsmärchen. Es amüsierte sie, dass die Leute noch immer genau da gingen, wo der Bürgersteig sein musste, in Mantel und festen Schuhen und mit einem Blick, als müsse doch endlich jemand kommen und alles freifegen. Man konnte nur zurück unter die Bettdecke schlüpfen, sich an den Haaren und der Haut des anderen festkrallen, sich auf ihn hocken, beißen, lachen oder weinen, wissend, dass vor den Fenstern längst ein neues Kapitel aufgeschlagen worden war.

Nach zwei Tagen Dauerregen war das Boot im Hafen untergegangen. Hübsch und blau hing es an der Bugkette und den Heckseilen neben dem Steg im Wasser. Der Wind und kleine Wellen gingen darüber hinweg, es wackelte leicht, die Bodenbretter und die Bänke schwammen lose umher. Wir sammelten sie ein, hoben sie auf den Steg und standen da.

»Du liebe Güte.«

»Ja.«

»Mist. Komm, wir gehen.«

Das Boot lag tagelang unter Wasser. Wir redeten darüber, was passieren würde, wenn die Kette oder die Seile rissen. Das Boot würde nur noch an einer Seite festhängen und senkrecht im Wasser stehen, schließlich würde es ganz abreißen. Nachts sanken die Temperaturen schon unter null, am Morgen waren das Treppengeländer und das Schuppendach des Nachbarn von Raureif überzogen. Nachts weckte uns die Kälte, die durch die Fensterritzen drang, und ich lag wach und dachte, dass man die Fenster hätte abdichten müssen und dass über dem Boot jetzt eine dünne Eisschicht wuchs, die mit jeder Nacht dicker werden würde, so lange, bis das Boot nicht mehr zu sehen und endgültig verloren war, mit dem schönen Wort auf der Bordwand.

An einem Wochenende kriegten wir das Boot dann doch gehoben. Wir stemmten es mit Kanthölzern hoch, schöpften es leer, zogen es mit dem Auto an Land und lehnten es umgedreht an einen Baumstamm. Öliges Wasser rann unter der Reling und aus der Fahrerkajüte hervor, der nasse Rumpf wurde sofort weiß, vereiste schon beim Zusehen. In der Woche danach fror das Meer zu.

Mit dem Einbruch der Kälte tranken die Maler weniger und strichen das Haus schnell fertig. Der Bauunternehmer kam nur noch selten vorbei, sagte, dass er den Lohn bald zusammenhaben würde, und verschwand sofort wieder, irgendwann kam er gar nicht mehr. Die Maler erzählten, dass er trank, seit er sein Geld beim Toto verspielt hatte, und kein neuer Auftrag in Sicht war, sie kamen ins Haus, telefonierten ihm hinterher und saßen dann in der Küche, redeten wieder über die Frauen, die einige von ihnen gehabt hatten und andere nicht. Also mussten sie ihnen noch mal Geld leihen und hörten weiter den Gesprächen zu: wie man Farbe aus Kartoffelstärke anmischte, ein Schwein schlachtete, einen Elch befreite, der sich mit dem Geweih zwischen zwei Bäumen verfangen hatte, eine Regenwurmschachtel mit Kaffeesatz baute, in der sich die Würmer gut vermehrten und die man dann verkaufen konnte.

»Er hat versprochen, uns einen ganzen Tag in die Sauna einzuladen und mit Alkohol zu bewirten, wenn wir fertig sind.«

»Dann hieß es, eine Wodkaflasche pro Mann.«

»Und schließlich nur noch Kaffee mit Zimtschnecken.«

Der erste Schnee fiel. Der Morgen war nun lang und dunkel, der Abend kam früh, die Nacht war wie ein Grab, aus dem man morgens mühsam hervorkroch. Tags sah man durch die Fenster schwarze Äste, dahinter grauen Himmel, darunter gefrorenes Gras. Manchmal wurden die Fahnen gehisst, manchmal brannten Kerzen auf den Gräbern der Gefallenen. Einmal wurde sie vom Gesang bei einer Kranzniederlegung geweckt, mittwochs vom Sterbegeläut, das, wenn man genau hinhörte, das Geschlecht des Toten verriet, und einmal von einer Durchsage, dass gleich ein Probealarm folge, dem keinerlei Gefahr zugrunde läge.

Das Treppenhaus strichen die Maler nun in eigener Regie. Der Bauunternehmer hatte die Auszahlung des Restlohns aufgeschoben, und so liehen wir ihnen noch mal Geld. Sie zählten ihre Kompetenzen auf, sagten, was sie schon alles geleistet hatten, versprachen günstiges Kaminholz zu organisieren und Lößboden für den Garten, die Türen einzuhängen und die Fenster abzudichten. Sie redeten von ihren früheren Frauen, ihren früheren Häusern und den Jobs, die sie schon gemacht hatten, wollten alles in Form von Arbeit zurückzahlen, verließen dann das Haus.

Der Winter ging dahin. Manchmal, wenn wir den Lachs aus der Gefriertruhe holten und mit der Eisensäge ein Stück abschnitten, kamen mir der vergangene Sommer und Herbst in den Sinn: das untergegangene Boot, das im allerletzten Moment gehobene Lachsnetz, die Insel und ihre flachen, glatten Felsen. Wenn ich das Zimmer verließ, sah ich das frisch gestrichene Treppenhaus, hell wie der Schnee, und draußen den neuen Zaun, der das Haus umgab, und ich wusste, wie nahe das Ende von allem war, und dann musste ich schnell durch die verschneite Stadt gehen, bis ans Meer, und zu den weit entfernten Inseln schauen, wie zu einem anderen Land.

Ich tat allerlei. Und ich glaubte an die Zeit. Ich dachte, dass sie mich unentwegt weiter fortführte von dem, was ich hinter mir lassen wollte, spiralförmig, zwischendurch noch mal näher kommend, aber in der Summe wegführend. Und dann, beim Putzen, beförderte mich plötzlich eine vertrocknete Schnittblume oder eine tote Fliege vom letzten Sommer zurück, den ganzen weiten Weg.

Spät an einem Abend, als das Schneegestöber die leeren Straßen zugeweht hatte und der Wind im Schornstein heulte und das Kaminfeuer flackern ließ, klopfte es. Ein Maler stand vor der Tür, er wollte unbedingt seine

Schulden mit Arbeit abzahlen, und obwohl wir ihn davon abhielten – unwichtig, längst vergessen –, marschierte er durchs Haus und sah, dass die Leisten noch in der Ecke standen und die Schranktüren an der Wand lehnten und dass am Kamin noch immer der eine Ziegel fehlte, und so legten wir los. Die Arbeit reichte für mehrere Abende, am Ende tranken wir jedes Mal Kaffee, und der Maler erzählte, wo er überall den Weihnachtsmann gespielt hatte und wie es bei den verschiedenen Familien gewesen war, und was ihm seine Kinder geschenkt hatten und er ihnen. An einem Abend ging ich danach noch hinaus, spazierte durch den Schnee und sah zu unserem Haus, dessen Fenster hell leuchteten, und dachte, dass ich in meinem eigenen Leben feststeckte und es keinen anderen Ort gab, an den ich gehen konnte. Ich kehrte in meinen Fußstapfen zurück, an der Tür kam mir die Wärme entgegen.

Im Frühjahr sank das Boot noch einmal. Wir waren auf der Insel, hatten uns gerade geliebt und waren drinnen unter den Decken eingeschlafen; ich träumte von einem Land, das kein Mensch je betreten hatte. Starker Wind weckte uns, am Ufer waren zwei Birken umgestürzt. Das Meer schlug gegen die Felsen, das Boot lag neben dem Steg unter Wasser. Wir holten einen Flaschenzug, befestigten ihn an einem Baum und das Drahtseil vorn am Boot. Stück für Stück zogen wir es aus dem Wasser, mussten den Flaschenzug mehrmals neu an weiter entfernten Bäumen festbinden. Damit verging der Tag, und am Ende stand das Boot auf dem klatschnassen Felsen. Ich blickte auf das straffe Drahtseil, auf die Wellen, und es kam mir vor, als wäre ich schon weit weg. Eine weiße Sonne stand über dem Meer und dem Felsen. Wenn ich die Augen schloss, wurde sie schwarz, wenn ich sie öffnete, wieder weiß.

Liebe

Vier waren wir, und alle schon einmal geschieden. Wir saßen am dunkelroten Küchentisch und tranken. Wir trafen uns nicht oft, aber wenn, dann aßen und tranken und redeten wir viel, und am nächsten Morgen wachte ich entweder heiter oder deprimiert auf, je nachdem, worüber wir abends gesprochen hatten. Ich wusste das und versuchte immer, das Gespräch so zu lenken, dass ich am Morgen heiter aufwachen konnte. Nur selten gelang es. Vier waren wir, alle hatten wir viel zu erzählen, und der Wein reichte noch lange, nachdem das Essen aufgegessen war.

Es war ein Sonntag um Ostern. Wir hatten Lamm gemacht und die Teller und Schüsseln schon abgeräumt. Die Kerzen brannten, und zusammen mit dem spärlichen Licht, das von draußen durch einen Vorraum in die Küche fiel, erhellten sie sanft die Balken des Holzhauses, sonst war es dunkel. Ich mochte diese Jahreszeit nicht, die Erde lag trocken und fruchtlos da, wie verlassen, die dünne Luft bestand aus nichts als kaltweißem Licht. Doch jetzt, in der schummrigen Küche, mit diesen Menschen, die ich zu meinen Freunden zählte, schien die Jahreszeit unwichtig, es hätte jede beliebige Zeit sein können, nichts vermochte zu uns ins Haus vorzudringen.

»Schon wieder so lange her, unser letztes Treffen!«, hörte ich Anja sagen. »Zum Wohl, auf die Freundschaft! Auf die Freundschaft und die Liebe.«

Anja war die Frau von Heinonen, mit dem ich seit zehn Jahren befreundet war. Ich hatte ihn schon gekannt, als er sich von seiner Familie trennte, und auch, als er sich von der Frau trennte, wegen der er seine Familie verlassen hatte. Ich wusste noch, wie matt und gebeugt er damals aussah und wie sich weiße Haare in seinen schwarzen Bart mischten. Dann hatte er Anja getroffen, und mit einem Schlag war alles wieder anders, er hatte von der Zukunft gesprochen, als wäre noch ganz viel Leben da, wollte sein Verhältnis zu den beiden Frauen, denen er Unterhalt zahlte, klären, Ackerbau wurde ein wichtiges Thema, und er las entsprechende Bücher. Manchmal fiel mir bei diesen Erinnerungen auch ein, wie ich selbst gewesen war und wie Eero, als wir einander getroffen hatten.

Anja kannten wir erst seit dem letzten Herbst, doch sie hatte sich von Anfang an verhalten, als würden wir uns ewig kennen, hatte sich rasch in Heinonens Freundeskreis eingefügt und von den Leuten gesprochen, als hätte sie schon viel mit ihnen erlebt. Mich wunderte das, mir kam es immer vor, als wüsste ich von niemandem etwas, nicht einmal von mir selbst. Als ich sie jetzt ansah, fiel mir ein, wie sie bei unserer ersten Begegnung aus Heinonens Garten ins Haus gekommen war und gesagt hatte: »Heinonen, von unserem Apfelbaum ist ein Ast abgebrochen«, und nach eine Weile: »Und unser Rasen müsste auch mal wieder gemäht werden.« Mir schien ein Zusammenhang zwischen den Possessivpronomen und der schnellen Anpassung zu bestehen, doch als ich darüber nachdenken wollte, löste der Gedanke sich in Luft auf, und so hob ich wie die anderen mein Glas. Eero und Heinonen, fiel mir auf, tranken bereits, allerdings auf nichts Bestimmtes, sie hatten ihr Gespräch nicht unterbrochen und fachsimpelten darüber, wie die Länge eines Ankerseils zu berechnen war.

»Was habt ihr in letzter Zeit gemacht?«, fragte ich Anja, da Eero und Heinonen ihr Zwiegespräch fortsetzten und Anja ihr Weinglas schon ungeduldig befingerte.

»Also.« Anja holte tief Luft.

In dem halben Jahr, das sie einander kannten, hatten sie, fiel mir sofort wieder ein, das Haus von Heinonen verkauft, das neben dem verlassenen, von Efeu überwachsenen Sägewerk unten am Hafen lag, und ein neues gekauft. Sie hatten geheiratet, und im Juli würde ihr erstes Kind zur Welt kommen.

»Wir haben uns bis aufs Blut geprügelt«, schaltete Heinonen sich ein und lachte. Ich sah kurz zu ihm hinüber. Er war ein großer, schwarzbärtiger Mann, der gerne provozierte und mit offenem Mund und leuchtenden Zähnen lachte. Selbst wenn ich wusste, dass das, was er sagte, stimmte, musste ich mitlachen. Anja starrte Heinonen an, dann mich.

»Natürlich haben wir uns auch gestritten. Das gehört in so einer Umgewöhnungsphase schließlich dazu«, sagte sie. »Im Grunde nichts anderes als Balzverhalten – ihr kennt das ja selbst.«

»In der Natur sind es allerdings die Männchen, die sich prügeln«, erwiderte Heinonen. »Um die Weibchen.«

»Jaja, ich weiß«, entgegnete Anja. »Wir

müssten eben mehr miteinander reden, der ganze Streit kommt daher, dass wir einfach nicht reden! Das liest man doch überall.«

»Nein, wir reden viel zu viel«, widersprach Eero, »das ist der Grund fürs Streiten.« Ich schaute zu ihm, sein Lächeln war ernst. Er warf mir einen Blick zu, streckte die Hand aus und nahm eine Zigarette aus der Schachtel auf dem Tisch, zündete sie an. Die Streichholzflamme spiegelte sich in seinen Brillengläsern, und mir fiel wieder ein, wie ich bei unserer ersten Begegnung gedacht hatte: ein gefährlicher Mensch. Vier Jahre wohnten wir jetzt zusammen und hatten unzählige Nächte hindurch bis in den Morgen gestritten, hatten ganze Tage geredet, so lange, bis ich verstummt war und mit Tränen der Erschöpfung am Kachelofen saß.

»Ich muss euch unbedingt was erzählen«, sagte Heinonen, »diese eine Geschichte.«

»Ja, von unserer Renovierung«, sagte Anja und redete los. Ich hatte sofort ihr neues Haus vor Augen, groß, drei Etagen, jede mit hundert Quadratmetern. Vorher war es ein Geschäft gewesen, im Erdgeschoss lag noch immer alte Ware herum, Stoffballen, Taue und Seile, Unmengen von längst abgelaufenem Knäckebrot. Anja erzählte, was sie noch alles im Haus vorhatten: die Treppe abschleifen, die Wände tapezieren, das Badezimmer fliesen und ein großes Fenster einbauen.

»So so. Davon wusste ich noch gar nichts«, sagte Heinonen.

Anja redete über den Garten. Ich sah ihn in seiner beeindruckenden Größe vor mir, sah das hohe Gras unter den alten Apfelbäumen. Das Haus war zwar von Bäumen umgeben, aber ringsum gab es, so weit das Auge reichte, nichts als Felder, und durch die Felder lief eine Bahnstrecke. Ich stellte mir vor, wie es an einem Winterabend in diesem Haus sein musste, wenn alles zugeschneit und in der Ferne nur die spärliche Straßenbeleuchtung zu erkennen war, tagsüber der Zug zweimal die weiße Fläche durchschnitt und drinnen ein Baby schrie.

Anja war in Fahrt. Sie benutzte mehrmals das Wort Gartenplanung, zählte Namen von Büschen, Blumen und Rasensorten auf, sprach von einem kleinen Lusthaus, das am Ende des Gartens stehen sollte. Ich registrierte, wie Heinonen sie ansah, doch sie redete immer weiter.

»In den Garten«, unterbrach Heinonen, »kommt ein Kartoffelacker. Und ein großer Komposthaufen. Der Rest gehört den Hühnern.«

»Genau«, sagte Anja, »ganz genau. Ihr seid schon mal herzlich eingeladen für den Herbst, ich koche Gemüseeintopf mit Basilikum und Lorbeer, und wir besorgen natürlich den Wein. Ich trockne Gartenkräuter, die hängen an einer Schnur in der Küche, ihr wisst schon, wie. Die Kräuter für den Winter kriegt ihr dann von uns.«

Wir sahen sie alle an, niemand sagte etwas.

»Und morgens«, fuhr Anna fort, »laufe ich im Nachthemd über den Rasen und schaue nach, ob die Hühner Eier gelegt haben.«

»Ja«, sagte ich.

»Und im Winter läufst du durch den Schnee«, sagte Heinonen.

»Ach, und ihr in eurem tollen alten Haus hier, mitten in dieser Idylle, ihr habt es doch auch phantastisch.«

Ich sah, wie Eero sie anstarrte. In unserem Holzhaus waren noch immer zwei Räume unrenoviert, wir lebten seit Wochen zwischen Brettern, Sägespänen und Staub, begleitet vom durchdringenden Singen des Elektrohobels. Das, was uns vorschwebte, schien weit entfernt und entfernte sich immer weiter; es war nur noch reines Durchhalten.

Eero griff nach der Weinflasche und schenkte nach, stand auf, um aus der Speisekammer eine neue zu holen. Zu Beginn unserer Treffen pflegten wir die Flaschen immer noch wegzuräumen und die Aschenbecher zu leeren, zu vorgerückter Stunde ließen wir die Flaschen dann stehen und die Aschenbecher überquellen. Jetzt nahm Eero die leere Flasche jedoch mit. Es war früh am Abend, die Sonne würde noch eine halbe Stunde scheinen.

»Jetzt will ich aber eine Geschichte erzählen«, sagte Heinonen.

»Deine Geschichten kennen wir doch alle«, sagte Anja, lachte und sah zu mir. »Männer!«, seufzte sie. »Du, wollen wir beide nicht mal zusammen nach Helsinki fahren und ins Theater gehen? Zu zweit, nur wir Frauen. Ich kann fahren, und danach gehen wir noch was essen. Was meinst du?«

»Warum nicht«, antwortete ich und hatte dabei im Kopf, wie oft sie etwas Ähnliches vorgeschlagen hatte, eine Fahrt in die Pilze, ins kleine Theater im nächsten Ort, ins Restaurant; wie sie vor Weihnachten ein großes Fest geplant hatte, von ihrer Kleiderwahl und der Musik gesprochen hatte, vom Festmenü. Doch nie war etwas passiert, und ich wusste, dass es jetzt genauso sein würde.

»Habt ihr gehört?« Anja wandte sich den Männern zu. »Wir fahren ins Theater nach Helsinki, nur wir zwei.«

»Prima«, sagte Heinonen.

»Welches Stück?«, fragte Eero.

Anja hielt ihr Glas in der Hand, sah zu Heinonen, lächelte.

»Hach, wie ich diesen Mann liebe«, sagte sie. »Begreift ihr? Ich liebe ihn einfach, diesen Kerl.«

Da sagte ich es. Ich fragte:

»Aber was ist Liebe eigentlich? Was ist sie, deiner Meinung nach?«

Das restliche Sonnenlicht war aus der Küche gewandert. Sofort wurde es dunkel, und ich stand auf, um einen zweiten Kerzenleuchter zu suchen, wurde fündig, fand auch Kerzen, zündete sie an. Eero schenkte nach. Stearin tropfte auf den Tisch, doch ich unternahm nichts, legte nicht einmal Küchenpapier unter die Kerzen wie sonst. Darum kümmere ich mich morgen, dachte ich. Ich wusste bereits, wie der nächste Tag sein würde, und wollte nicht hören, was jetzt geredet wurde, über die Liebe. Aber weggehen konnte ich schlecht, also stand ich kurz auf und leerte wenigstens die Aschenbecher, setzte mich dann wieder hin.

Anja redete von Heinonens früherer Frau. Sie sagte, sie möge sie, sei sogar mit ihr befreundet und verstehe bestens, dass Heinonen als junger und unerfahrener Mann eine Frau heiratete, die er nicht liebte, die jedoch eine tüchtige und praktische Person war, eine echte Hausfrau eben, so drückte Anja es aus, bloß eben sehr gewöhnlich, und dass sie die Exfrau demnächst einladen wolle.

»Ich habe diese Frau sehr wohl geliebt. Vor fünfzehn Jahren«, warf Heinonen ein.

»Nun, nach so einer langen Zeit schätzt man das natürlich anders ein.« Sie wollte Heinonens frühere Frau demnächst um Kinderkleidung bitten, die Kinder seien ja schon über zwanzig und die Exfrau zu alt, um noch mal Kinder zu kriegen.

»Jetzt lasst mich aber mal eine Geschichte erzählen«, sagte Heinonen. »Eine über die Liebe.«

»Das lässt du schön bleiben, deine Geschichten haben wir doch schon zig Mal gehört«, sagte Anja. Mit dem Glas in der Hand schaute sie Heinonen an, einen stummen Moment, der sich ausdehnte, dann trank sie das Glas in einem Zug leer und knallte es auf den Tisch. »Oder soll ich erzählen? Ich erzähl's.«

Ich wollte etwas einwerfen. Das Kerzenwachs tröpfelte jetzt schneller, und ich stand auf, um Küchenpapier zu suchen, sagte etwas von den tropfenden Kerzen, doch niemand hörte auf mich. Anja redete. Ich ging ins Nebenzimmer, trat ans Fenster: Die Sonne verschwand, nur ein schmaler rötlicher Streifen fiel noch auf die Fensterbank, über die Scheibe huschten kurz die Regenbogenfarben. Ich nahm die Küchenrolle und ging wieder zurück. Anja sagte gerade zu Heinonen:

»Warte nur, bis ich das Kind rausgepresst habe, dann hast du bald so viele Lochschwager, dass der ganze Ort über dich lacht.«

Die nächste Stunde verbrachte ich an Anjas Bett, hielt immer wieder ihre Hände fest; sie schlug um sich und brüllte Dinge, die ich gleich wieder zu vergessen versuchte. Irgendwann schlief sie erschöpft ein, und ich ging zu den anderen in die Küche. Heinonens Kopf sackte immer wieder auf die Tischplatte, Eero saß versteinert da, zurückgelehnt, im Mund eine Zigarette. Sie hatten alles gehört. Heinonen sah mich an.

»Jetzt erzähle ich mal, wie Frauen lieben«, sagte er. Eero und ich schwiegen.

»Vor Anja war ich mit einer Frau zusammen, die behauptet hat, sie liebt mich. Sie hat eine zwölfjährige Tochter, geistig behindert. Die schläft mit ihr im gleichen Zimmer, obwohl in der Wohnung reichlich Platz ist. Wenn wir miteinander geschlafen haben, hat die Tochter jedes Mal ein lautes Geheul angestimmt, schrecklich, wie ein Tier. Die Frau hat immer nur gesagt, mach einfach weiter, die kapiert nichts. Und diese Frau hat allen Ernstes behauptet, mich zu lieben. Ich musste die Beziehung beenden. Sie hat bis heute nicht kapiert, warum.«

Er verstummte, sein Kopf sank wieder auf die Tischplatte. Schweigend saßen wir da, zwischen uns wurden die Kerzen kürzer, die leeren Weinflaschen glänzten, im Aschenbecher lag eine halbe Zigarette, die von allein zu Ende gebrannt war, ein grauer Stummel feiner Asche. Später bestellte ich

Anja und Heinonen ein Taxi. Als Anja aufstand und ihre Kleidung zurechtzupfte, sagte sie:

»Ihr macht euch hoffentlich nichts aus dem eben? In einer so leidenschaftlichen Beziehung ist das doch normal.«

Ins Theater gingen wir nicht, davon war nicht mehr die Rede. Einmal waren wir zum Essen eingeladen, Essen hatte es dann aber nicht gegeben. Heinonen schenkte selbstgemachten Wein ein, Anja stellte Brot und Käse hin, sie hatten sich nicht einigen können, wer mit dem Einkaufen dran war. Wir saßen in der Küche, und Anja erzählte von Küchengeräten, die sie kaufen wollte, von ihrem eigenen Gehalt, und dass der Laden dann endlich laufen würde. Das Kind war schon geboren und ein paar Monate alt, es weinte im Nebenzimmer, Heinonen ging regelmäßig hinüber. Anja bezeichnete Heinonen als überbehütend, hatte von der Problematik des begabten Kindes gelesen und vertrat klare Ansichten, wie ein Kind zu erziehen war. »Das Wichtigste ist, es nicht zu stark zu binden«, sagte sie und legte sich schon früh schlafen. Danach holte Heinonen die richtigen Weinflaschen hervor, doch viel hatten wir uns nicht zu erzählen, wir verabschiedeten uns früh. Im Erdgeschoss mussten wir durch die dunklen stickigen Räume zur Haustür, draußen warteten wir lange auf das Taxi, vor uns nichts als eine weite Schneedecke, über uns ein schwarzer Himmel mit weißen Sternen. Hinter uns, im Haus, knallte eine Tür so heftig, dass die Fensterscheiben klirrten, dann ging das Licht aus, und es wurde still.

Im Frühling fuhren wir noch einmal hin. Heinonen hatte das Gemüsebeet vorbereitet und die abgestorbenen Gräser verbrannt, die dunkle, aufgeraute Erde und das sprießende Grün rochen würzig, und es war leicht, sich vorzustellen, wie schön die kommenden Jahre sein könnten. Doch Heinonen war wortkarg, und Anja, die im Marimekko-nachthemd auf der Treppe saß, obwohl bereits Nachmittag war, verkündete, sie werde ihren Job an den Nagel hängen und auch zu Hause bleiben, Heinonen solle schließlich nicht von ihrem Gehalt Alimente zahlen. Wir gingen mit ihr ins Haus, um Kaffeetassen zu holen. Die Spülmaschine stand voll mit dreckigem Geschirr, in der Spüle stapelte sich mehr davon. Wir schauten kurz ins Badezimmer, das noch immer kein Fenster hatte; auf der Waschmaschine lag ein Berg benutzter Windeln, ihr süßlicher Gestank erfüllte den engen Raum. Wir sagten, wir kämen ein anderes Mal wieder, und verabschiedeten uns. Im Garten lehnte sich Heinonen, mit den Gummistiefeln tief in der Erde, auf seine Hacke und sagte, er werde das Erdgeschoss vermieten. Vier Leute könnte er nehmen, es waren ja vier

Zimmer. »Den Haussegen wird das nicht stören.«

Im Sommer verließ Anja das Haus, das Heinonen und sie vor weniger als zwei Jahren gekauft hatten. Heinonen zahlte Anja aus, und Anja kaufte sich eine Zwanzig-Quadratmeter-Wohnung in der Stadt. Heinonen nahm sich Untermieter, alles geschiedene Männer, die trinken gingen und mit dem Taxi fuhren, wenn sie Geld hatten, sonst mit dem Fahrrad. Heinonen selbst trank keinen Tropfen mehr, trug locker sitzende, lange Hemden, die an russische Bauern erinnerten, und ließ seinen Bart wachsen. Er aß tagelang nur Gemüsesuppe und fing an, alte Zeitungen als Klopapier zu benutzen. Anja begegnete ich von Zeit zu Zeit in der Stadt, sie hatte jedes Mal eine neue Haarfarbe.

»Bei uns läuft es besser als je zuvor«, sagte sie. »Ich bin so glücklich mit meiner neuen Wohnung, schon bei der Besichtigung wusste ich: Hier gehöre ich her. In einer Liebesbeziehung mit zwei so temperamentvollen Persönlichkeiten braucht man eben manchmal etwas Abstand.«

Sie sah mich kurz an und fügte hinzu, dass ich das wohl kaum verstehen würde, so ausgeglichen, ja kühl, wie ich war.

»So gut wie jetzt ist es mit Heinonen wirklich noch nie gelaufen«, versicherte sie. Ich sagte, dass ich ihr glaube. Sie habe es eilig, meinte sie; Heinonen würde nachher das Kind übers Wochenende abholen, und sie wollte noch einen guten Wein besorgen und Lasagne machen und eine DVD ausleihen, für den Fall, dass er dablieb. Sie erklärte mir schnell noch das Rezept für die Lasagne und fragte, ob Heinonen Tarkowski mochte, dann hetzte sie davon.

Im Winter saß ich manchmal abends im dunklen Zimmer am Fenster und dachte an die Menschen, die ich kannte, daran, wie es ihnen ergangen war und wie es ihnen in

Zukunft ergehen würde. Ich sah den Himmel, schwarz, sah die Sterne oder auch den Mond, die Straßenlaternen und in ihrem Lichtkegel wildes Schneegestöber oder zarte Rieselflocken. Immer gingen Leute vorbei, und alle schienen allein zu sein, wie eng verschlungen sie sich auch immer hielten.

Ich dachte daran, wie ich mit Eero auf der verschneiten Straße vor Heinonens Haus gestanden hatte und das Licht der Straßenlaterne sich in den Metallbügeln seiner Brille gespiegelt hatte und das große Haus sich in den Gläsern; von Eeros Augen war nichts zu sehen gewesen. Manchmal hatte ich Angst.

Und manchmal wartete ich, bis er eingeschlafen war, legte mich erst später ins Bett, rückte so nah an ihn wie möglich und dachte Dinge, die ich sonst nie denken konnte. Bevor ich einschlief, hoffte ich noch, sie nicht zu vergessen. Dann vergaß ich sie doch.

Ein natürlicher Tod

Die Frau, die am Flughafen auf sie gewartet hatte, fuhr so langsam, dass die Schriftstellerin sich nach wenigen Kilometern sicher war: Sie würden zu spät kommen. Als sie eine Kreuzung erreichten und die Frau anhielt, um ein noch weit entferntes Auto vorbeifahren zu lassen, löste sie ihren Blick von der Uhr an der Armatur und schaute in die Landschaft. Nur noch fünfzehn Minuten. Die älteren Damen, die immer als Erste kamen und an ihre Grundschullehrerinnen erinnerten, würden bereits ihre Mäntel an der Garderobe aufhängen. Das blaue Verkehrsschild verkündete die Kilometer bis zum Zielort, die Zahl ging ihr durch den Kopf wie ein unglückseliges Omen. Für den Zeitplan aber waren die Organisatoren verantwortlich, und so hielt sie die Augen weiter in die

Ferne gerichtet, auf das, was es dort zu sehen gab.

Die Landschaft war flach, ostbottnisch. Die erste dünne Schneedecke des Winters ließ noch die Formen der Erde erkennen, Ackerfurchen und tiefere Gräben. Rotgestrichene Höfe schienen in der blassen Morgensonne auf, als würde ein stiller Brand in ihnen schwelen. Die Frau verringerte das Tempo.

»Ich bin an diesen Wagen noch nicht gewöhnt.«

Sogar ihre Worte klangen verlangsamt.

Unauffällig musterte sie die Frau, jetzt länger als bei der Begrüßung am Flughafen. Fortgeschrittenes mittleres Alter, das Gesicht wie von einer Entzündung angeschwollen. Ein starres Glühen in den Augen, vielleicht Beruhigungsmittel, überlegte sie, nachdem die Frau kurz zu ihr geblickt hatte.

»Mein Mann ist immer gefahren«, sagte sie, und mit diesem Satz und der allem Zeitdruck trotzenden Langsamkeit kündigte sie an, dass es eine Geschichte gab, die erzählt werden musste.

Jetzt musterte sie die Hände auf dem Lenkrad. Kräftige kurze Finger, kein Nagellack, am linken Ringfinger ein schlichter Goldring. Die gelassene Ruhe, mit der die Hände auf dem Lenkrad lagen, untermauerte ihren Eindruck, dass die Frau kürzlich in eine neue Hauptrolle geschlüpft war, wie so oft bei geschiedenen Frauen dieses Alters: Nach mehreren gleichförmig bergab führenden Jahren und einer kurzen Trennungsphase entdeckten sie die Handlungsstränge und den Höhepunkt ihres Lebens, erkannten ein zu Ende geschriebenes Ganzes und erzählten es.

»Aber jetzt muss ich mich mit dem Fahren anfreunden.«

»So ist es wohl«, bestätigte sie und fügte, um ihre Vermutung zu überprüfen, hinzu: »Im Süden haben wir noch keinen Schnee. Frost schon, aber Schnee, nein.«

Und wie sie angenommen hatte, hörte

die Frau nicht hin, erwiderte nichts. Vollkommen in ihre Geschichte versunken, fuhr sie vor sich hin.

Ja, suchten nicht alle Menschen ihr Leben nach diesen Einheiten ab, nach Anfängen und Enden, teilten ihre Zeit in Episoden ein, in denen sie immer eine neue Hauptfigur waren? Auch sie hatte Phasen abgeschlossen und zugeklappt wie ein vollgeschriebenes Tagebuch, das man nie wieder las, höchstens kurz durchblätterte, ehe man es verbrannte. Aber dann war ihr alles wieder aufs Neue begegnet, und sie hatte begriffen, dass so das Leben beschaffen war.

»Fünfunddreißig Jahre«, sagte die Frau und seufzte.

»Eine lange Zeit«, antwortete sie und stellte fest, dass es exakt ihr Alter war.

»Fünfunddreißig Jahre«, wiederholte die Frau, als habe sie nichts gehört.

Eine lange Zeit hier, hätte sie präzisieren wollen. Sie sah wieder hinaus; das Eintönige und Geduckte der Landschaft machte sie noch ungeduldiger als das langsame Tempo. Die Felder erstreckten sich bis zum Waldrand in der Ferne, der ebenfalls geduckt schien. Die wenigen Höfe hier und da waren von Ställen und Scheunen wie verbarrikadiert, ein Schutz gegen die Welt. Bäume gab es so wenige, dass sie Überreste von etwas Größerem, Vergangenem zu sein schienen. Nichts lockte in eine bestimmte Richtung: Wohin man auch blickte, alles war gleich und niedrig, und es gab keinerlei Anzeichen, dass es hinter dem Horizont anders aussehen könnte. Wahrscheinlich hatte der Ehemann diese Landschaft sattgehabt, dieses gleichmäßige, langsame Tempo.

Schon am Flughafen war ihr aufgefallen, dass der Wagen neu war, eine teure und hierzulande ungewöhnliche Marke. Die Sitze fühlten sich weich an, neben dem Lenkrad befanden sich Anzeigen, deren Funktion sie nicht kannte. Mit dem Bild, das das Auto entstehen ließ, entstand auch das Bild des Mannes, der es gekauft hatte: leicht ergraut, dynamisch, eine gute Haltung, und schon gesellte sich eine jüngere Frau an seine Seite. Scheidung, ja; doch der Ring am Finger der Frau im Auto kündete von Besitzansprüchen, die nicht endeten.

»Es ist schwer«, sagte sie.

»Ja.«

»Ich war es anders gewöhnt.«

»Ja.«

»Und jetzt das Alleinsein.«

Gewöhnt, wiederholte sie stumm. Sie selbst hätte ein anderes Wort benutzt. Einmal mehr kam ihr der noch neue Gedanke, dass es nur wenige Worte gab, extrem wenige, nur ein paar für jeden Menschen, und dass auch die weniger wurden: Am Ende blieben nur ein oder zwei übrig, und alle anderen Worte wurden von ihnen umschlossen. Ihre eigenen zwei Worte wusste sie schon, vor beiden hatte sie Angst.

»Gewöhnt«, sagte sie und dachte an ihren Aufbruch am frühen Morgen; eigentlich war es noch Nacht gewesen. Schon um vier hatte sie sich Kaffee gekocht, leise, um ihn nicht aufzuwecken. Auf der leeren, waldgesäumten Straße hatte sie der Gedanke an Elchwechsel beunruhigt, auf Brücken der an tückisches Glatteis. Aus der kleinen zweimotorigen Maschine, die mühsam rüttelnd Kurs auf die hellen Sterne nahm, hatte sie auf die dunkle Erde hinuntergeblickt, auf die Anhäufungen von Lichtpunkten und die von oben vollkommen nutzlos erscheinenden Straßenwindungen. Alles Leben, auch ihres, war unten geblieben, am Boden, von dem sie sich weiter und weiter entfernte.

Eine Sache gab es, die sie mitgenommen hatte und die auf ihr lastete: der Streit, dessen Grund ihr nicht einmal mehr einfiel. Jetzt, umgeben von der eintönigen Landschaft, wurde ihr klar, wie sinnlos alles war, und noch einmal musste sie an das Beben der Maschine denken und daran, wie von Osten her ein blutroter Streifen am Himmel aufgetaucht war, wie er sich schnell ausgedehnt und die Sterne gedimmt hatte.

»Aber was anderes bleibt mir nicht übrig«, murmelte die Frau, und vor ihren Augen befanden sich wieder die Felder und der Waldrand.

»Haben Sie denn Kinder?«, fragte sie.

»Einen erwachsenen Sohn. Aber der ist verheiratet.«

»Aber das muss doch nicht«, erwiderte sie, »das ist doch«, und fügte nach einer Pause hinzu, »schön.« Es klang nach einer Frage.

Die Frau reagierte nicht, seufzte nur schwer.

Sie lauschte dem Motorengeräusch. Die Frau müsste in den zweiten Gang schalten, dachte sie, oder schneller fahren. Die Uhr ignorierte sie, und es tauchte auch kein Schild mehr auf, um die sicherlich noch zweistellige Kilometerzahl anzuzeigen.

»Dort ist es passiert«, sagte die Frau und wies mit einem Nicken nach links.

Das Feld war nun in Wald übergegangen, sie sah ganz bewusst hin. Wald: gerade Kiefern, dunkle Fichten. Darunter der mattweiße Boden, der Schnee lag so dünn, dass die Bodenvegetation erkennbar blieb. Niedriges Unterholz, gefroren, es würde bei jedem Schritt laut knacken.

»Hier etwa.«

Passiert?, fragte sie sich. Auch einige Laubbäume gab es, und sie kehrte zu ihrem Bild zurück und stellte sich den Wald im Frühling vor, mit zartem Grün in den Zweigen und Buschwindröschen unter den Bäumen, und Moos, das noch gesättigt war von der Schneeschmelze und bei jedem Schritt vor Nässe troff. Sie stellte sich den Mann vor, Geschäftsführer, dazu eine Frau: Sekretärin. Sie schüttelte den Kopf, ach nein, nicht so eine Konstellation. Andererseits, warum nicht? Dann fiel ihr ein anderer Wald ein, mit anderen Personen darin.

»So ist es eben«, sagte sie.

Die Sonne stand nun knapp über den Baumwipfeln. Zu Hause, dachte sie, war er gerade aufgestanden und trank zeitunglesend Kaffee. Fünfunddreißig Jahre. Es wären jetzt noch dreißig. Allzu lang kam ihr das nicht vor.

»Hierher haben sie ihn getragen.«

»Getragen?«

»Ja, der Bauer von dem Hof da vorn und sein Sohn.«

Unvermittelt wurde der Weg von einer roten Scheune versperrt, sie fuhren direkt auf sie zu. Erst im letzten Moment machte die Straße eine Biegung und setzte die Route hinter der Scheune fort, als wäre nichts gewesen. Früher wurden Grundstücksrechte noch lax vergeben, dachte sie. Dann fiel es ihr wieder ein: Getragen?

»Aus dem Haus da drüben haben sie mich angerufen. Als ich ankam, war er schon tot.«

Der Frühling verschwand so schnell, wie er gekommen war, spurlos. Auf einmal war Winter, wie heute, der Boden gefroren, die rote Wintersonne schien schräg über den Wald. In dieser Gegend gab es eine hohe Selbstmordrate. Enge gesellschaftliche Normen, guter Boden für Erweckungsprediger, so hatte es im Soziologiestudium geheißen. Die lange Dunkelheit, ein Winter ohne Entrinnen, dann der Sommer, kurz, wie von einem fremden Wind herangeweht. Ja, sie verstand. Sie schaute in den Wald, die stumme Front der Bäume überwältigte sie beinahe. Mit den Fingern der rechten Hand strich sie über ihr linkes Handgelenk, die feine Erhebung, die auch fünfzehn Jahre später noch empfindlich war. Und wie jedes Mal fielen ihr die Bäume ein: Von der warmen Augustluft bewegt standen sie draußen, und als wäre das trennende Fensterglas fort, hörte sie ihr Rauschen, und je länger sie dastand, umso mehr fühlte sie sich selbst wie ein Baum, die Wurzeln tief im kühlen Boden vergraben, die Blätter sonnenbeschienen und windzerzaust. Das ganze Leben, verdichtet in diesem einen Moment. Als sie später draußen umhergegangen war, die milde Luft eingeatmet und die Menschen und alles, was da war, gesehen hatte, fühlte sie sich lebendig wie in einem Strom, und sie hatte gedacht, dass dieser Strom kaum anders geworden war durch das, was sie getan hatte, und mit dieser Erkenntnis fühlte sie sich in Sicherheit.

»Er war ein guter Mann.«

»Aha?«

»Hat nie ein böses Wort gesagt.«

Sie dachte wieder an den Flug, die Maschine war voller Geschäftsreisender gewesen. Während der kleinen Turbulenz nach

dem Start hatte sie versucht, die Gefahren-
lage an den Gesichtern abzulesen, doch alle
hatten, mit ihren Aktenkoffern als Unterlage,
beharrlich weitergearbeitet. Also hatte auch
sie ihren Block und den Füller hervorgeholt
und zu schreiben begonnen, ihre Gedanken
bei dem schlafenden Mann, dem sinnlosen
Streit und der schwarzen Erde unter ihr.

»Das gibt es nicht oft«, sagte die Frau,
»kein böses Wort in fünfunddreißig Jahren.«
Und nach einer Weile fuhr sie fort: »Allerdings hat er auch sonst nicht viel gesagt. Er
war eher der stille Typ.«

»Die haben oft die düstersten Phanta-
sien«, erwiderte sie.

Die Frau wandte sich zu ihr um.

»Düster? Das glaube ich nicht. Das wäre
mir aufgefallen.«

»Naja«, setzte sie an, schwieg aber lieber.
Vor ihnen tauchte eine Ortschaft auf. Ein
Kirchturm, mehrere hohe Häuser.

»Genau zu dieser Zeit ist es passiert, vor

zwei Jahren. Bei der Elchjagd. Es hatte schon geschneit, genau wie jetzt.«

»Bei der Elchjagd! Dann war es ein Fehlschuss?«

Die Frau drehte sich wieder zu ihr um.

»Herzinfarkt.«

»Ach.«

»Ja, ein Herzinfarkt. Schon der dritte in zwei Jahren, ich hatte es kommen sehen. Bei seinem Übergewicht. Mehr als dreißig Kilo zu viel.«

Stumm saß sie da. Ein Herzinfarkt. Ein natürlicher Tod. Sie prüfte ihre Gedanken, ihre Worte und sah, wie sie wirklich beschaffen waren.

»Jung war er nicht mehr – fünfundsechzig. Aber trotzdem. Und ich musste wieder arbeiten gehen.«

Die Straße verlief schnurgerade. Das Weiß der Landschaft begann in den Augen zu schmerzen, inzwischen machte sich auch das frühe Aufstehen bemerkbar. Die Außenwelt war so unendlich gewöhnlich, dass all ihr Interesse, über das Leben der Menschen nachzudenken, versickerte.

»Sie haben sicher über das geschrieben, was ich erfahren musste. Über den Tod.« Es klang fragend.

»In gewisser Weise, ja, ein bisschen. Aber auch über das Leben«, sagte sie.

»Und Sie sind nicht verheiratet? Leben allein?«

»Doch, ich bin verheiratet.«

»Oh, dann hat man mir das falsch erzählt. Ach so. Und ich dachte, sie wären alleinstehend.«

»Ich habe erst letztes Jahr geheiratet«, sagte sie, beinahe entschuldigend.

»Aha.«

Nun wurde das Tempo schneller, die Frau hob das Kinn, schaltete in den vierten Gang.

»Vielleicht können Sie mir jemanden empfehlen, eine Autorin, die darüber geschrieben hat. Eine etwas ältere.«

Sie überlegte. Ihr fiel eine Kollegin ein, deren Mann gestorben war und die das in einem Roman verarbeitet hatte. Sie nannte ihren Namen.

»Nein, die nicht. Die hat ja schon einen Neuen gefunden, das stand doch in den Zeitschriften. Die ist längst wieder gebunden.«

»Dann fällt mir niemand ein.«

Den Rest der Fahrt schwiegen sie, die Frau fuhr jetzt schnell. Als sie neben der rotgeziegelten Bücherei parkten, stellte sie fest: »Oh, wir sind ein wenig spät. Naja, macht nichts, das kommt immer wieder vor.«

Sie hatte den Briefkasten auf der anderen Straßenseite sofort entdeckt, holte eine Briefmarke aus dem Portemonnaie und klebte sie auf den Umschlag mit der eigenen Adresse. Sie dankte der Frau und rannte hinüber.

»He, stop«, rief die Frau ihr nach, »die Bücherei ist hier! Wir haben es wirklich eilig!«

Ohne sich zu ihr umzudrehen, warf sie

den Brief ein und ging dann in aller Ruhe zurück. Die Frau hielt ihr die Tür auf und sah
dabei auf ihre Armbanduhr.

Drinnen saßen sechs Leute. Sie ent-
schuldigte sich für die Verspätung, die dem
Wetter geschuldet sei; sagte, es ginge gleich
los. Als sie im Flur ihren Mantel aufhängte,
kam die Frau aus dem Auto mit einem Stapel
Zeitschriften zur Garderobe, setzte sich auf
einen Stuhl und begann in einer Frauenzeit-
schrift zu blättern.

»Wollen Sie nicht mit rein?«, fragte sie.

»Nein, es ist auch so schon schwer genug. Das weckt nur Erinnerungen.«

»Sie ist noch in Trauer. Ihr Mann ist vor
zwei Jahren gestorben«, erklärte die Biblio-
thekarin, lächelte freundlich und führte sie
zu den Zuhörern.

An der Tür drehte sie sich noch einmal
um. Die Frau saß da und las, und sie trat vor
ihr Publikum und suchte nach Worten, nach
dem, was sie noch umfassten.

Eine Erfahrung

Das Leben, so voll von kleinen Anfängen und Enden, und größeren Anfängen und Enden. Manchmal war es unmöglich zu sagen, welcher Anfang zu welchem Ende gehörte. Das hatte Isabel gesagt, und jetzt, als sie in der Bar mit den roten Tapeten und den vielen Spiegeln in Hamburg saß, fiel ihr das wieder ein. Sie erinnerte sich sehr genau an Isabels Worte und an ihre Träume von vor einem Jahr, durcheinander waren sie gewesen und hatten die Anfänge und Enden ihres Lebens immer wieder anders zusammengefügt: Aus dem einzigen schlimmen Ereignis ihres Lebens war ein angenehmes geworden, und morgens hatte sie lange gebraucht, um ihren Kopf neu zu sortieren. Dann hatte die nächste Nacht es wieder durcheinander gebracht. Da saß sie nun, sah im Spiegel ihre

Augen, und als sie dem Mann antwortete, der seine Frage bereits ungeduldig wiederholt hatte, fiel ihr alles wieder ein.

Vor zwei Jahren hatte ein Mann versucht, sie zu vergewaltigen. Die Sache an sich – der Kampf im Treppenhaus, ein Türenschlagen und näher kommende Schritte, die Flucht des Mannes – hatte nur wenige Minuten gedauert. Aber später, in ihrer Wohnung, als sie ein heißes Bad genommen hatte und ihre Haut nach Seife und Creme roch – ihre Tür war doppelt verriegelt, unter der Klinke stand ein Stuhl –, kam es ihr vor, als sei in ihrem Leben etwas zu Ende gegangen, oder als fange etwas an: Sie lag in ihrem frisch bezogenen Bett, und obwohl ihre Hände noch zitterten, stieg etwas Neues in ihr auf. Die Augen des Mannes, in ihnen die pure, blanke Lust, und das Wissen, dass sie zum allerersten Mal so angesehen worden war. Auf einmal fiel ihr auf, dass das Gefühl, das von diesen neuen Bildern geweckt wurde, seltsamerweise der Freude ähnelte.

Ein Anfang, ja; das wurde ihr klar, als sie nach ihrer Handtasche griff, und sie dachte an die zahlreichen Male, als sie mit ihren Kommilitonen nach der Vorlesung beim Bier gesessen und schweigend den glücklichen oder unglücklichen Liebesgeschichten zugehört hatte, den Heirats- oder Trennungsplänen, der Schwangerschaftspanik, sie selbst hatte nie etwas zu erzählen gehabt. Ihr Leben war, wenn sie überhaupt darüber nachdachte, ereignislos und leer: eine kurze Beziehung mit einem wortkargen, schwitzenden Jungen, die Ewigkeiten zurücklag, ein Studienfach, für das sie sich schon lange nicht mehr begeistern konnte, und weit weg in einer Provinzstadt ihre Eltern, die ab und zu anriefen und mit denen sie sich wenig zu sagen hatte. Und ihre Kindheit: Das nächtliche Knarren des Ehebettes, ein Vater, der, sobald er Bier trank, immer dieselben Geschichten zum Besten gab, von Jahr zu Jahr langatmiger und unmotivierter, irgendwann ganz ohne Pointen.

Nach diesem Ereignis gewöhnte sie sich an, auf die Geschichten der anderen nachdenklich zu erwidern: »Tja, Männer«, und nach einer Pause erzählte sie von ihrem ausgerissenen Haarbüschel und dem kaputten Fingernagel, der schwarz wurde und abfiel, und von dem Gefühl danach, in ihrer Wohnung, dem polternden alten Fahrstuhl, den Schritten im Treppenhaus, der zuschlagenden Tür.

»Meine Güte, was der mit dir hätte anstellen können!«, sagten die anderen.

Dann breiteten sie die Geschichten aus, von denen sie gehört und gelesen hatten, und wenn sie spätnachts im Kreis auf dem Boden saßen und die Rotweingläser in ihren Händen funkelten, glühten ihre Augen feucht und dunkel. Irgendwann schüttelte sie den Kopf, richtete sich auf und sagte:

»Bitte nicht, bitte wechselt das Thema.«

Doch irgendwann kam das Gespräch wieder bei diesem Thema an, und wenn alle gegangen waren, ging sie es im Kopf noch einmal durch: das, was ihr hätte passieren können. Sie dachte an die Gesichter ihrer Freundinnen, ihre glühenden Augen, den aufsteigenden Zigarettenrauch und den Weingeschmack und dass sie immer wieder bei dem einen Thema landeten.

Im Frühling, wenn sie abends auf ihrem Bett saß, sich die Haare bürstete und hinunter auf die Straße sah, zu den Leuten, die dort allein oder zu zweit durch die Wärme und das heller werdende Licht schlenderten, fühlte sie sich wie die Hauptfigur einer noch unbekannten Geschichte, wie die Hüterin eines Geheimnisses, als läge das Leben einer Vielzahl von Menschen in ihrer Hand. Es war, als sähe sie die Leute in diesem Frühling zum ersten Mal, und sich selbst mitten unter ihnen. Sie sah die Blicke der Männer, das haarscharfe Vorbeischauen und nachträgliche Umdrehen, die ahnungslosen Frauen, die diese Männer mit sich schleiften, und die Männer, die den Kopf erst gar nicht hoben. Sie spiegelte sich in den Blicken der Leute und in den Schaufenstern; ihre Beine, natürlich, und ihr verwunderter Blick, der enge Rock, der sogar noch ein bisschen kürzer sein könnte.

Und sie sah die Frauen. Aha, so eine wie die da also auch – ja, natürlich. Aber mit solchen Beinen … Sie ging langsamer, schüttelte ihr Haar, schaute über die Schulter zurück, doch der Mann hatte sich nicht zu ihr umgedreht; er sagte der Frau gerade etwas ins Ohr. Sie blieb vor dem Schaufenster stehen: Unterwäsche, so zart und weich auf der Haut, dass kein Mann damit konkurrieren konnte.

Und dann war da Isabel.

Sie hatte Isabel im Café der Universität kennengelernt und beobachtet, wie sie zielstrebig, ohne nach rechts und links zu schauen, durch den Raum ging und alle Blicke auf sich zog. Isabel kam aus Spanien und hatte stolze Augen, die niemanden zu sehen schienen, aber dann war sie freundlich, hörte vornübergebeugt zu, die Kaffeetasse mit beiden Händen umfasst, und während Isabel zuhörte und sie selbst redete, dachte sie, dass auch sie sich so eine dunkle Bräune zulegen sollte, und schwarzen Kajal um die Augen, unbedingt.

»Das musst du natürlich der Polizei melden«, sagte Isabel.

»Aber es ist ja nicht wirklich was passiert«, entgegnete sie, zitterte trotzdem und blickte für einen Moment aus dem Fenster. Isabel sagte trocken: »Es kann einer anderen passieren.«

Und so meldete sie es der Polizei. Im Grunde wegen Isabel: wegen des schnellen, prüfenden Blickes, den sie ihr zugeworfen hatte, und wegen ihrer trockenen Stimme.

Sie erzählte von der faltigen Narbe auf dem Handrücken des Mannes und nannte ihre Adresse und Telefonnummer; die Polizei würde sofort anrufen, wenn etwas wäre, dabei blieb es vorerst.

Isabel sprach nie davon, was hätte passieren können. Aber sie erzählte, dass sie in ihrem Heimatland nicht ohne Messer in der Handtasche auf die Straße gegangen war, vor allem im gefährlichen Frühling nicht, und dass es auch ein Schlüsselbund tat, fest mit der Faust umklammert, ein Schlüssel spitz zwischen den Fingern aufgerichtet. Sie erzählte von dunklen Treppenhäusern und wie man sich im Ernstfall verhalten musste. Sie selbst hörte aufmerksam zu, und manchmal kam es ihr fast vor, als würde Isabel von etwas anderem reden als sie, als hätte sie keine Ahnung. Wenn sie nachhakte und eine Frage stellte, gab Isabel keine Antwort, verstummte, schaute sie an, redete nach einer Pause wieder weiter. Diese Pausen irritierten sie, und abends in ihrer Wohnung, wenn sie vor dem Spiegel saß und sich die Haare bürstete, dachte sie über Isabels Schweigen und ihren Blick nach. Vielleicht gab es einen Kulturunterschied, überlegte sie, und ihr fielen die Wörter ein, die Isabel benutzte, aus der Mode gekommene, keiner ihrer Freunde verwendete sie: Liebe, Treue, Eifersucht, so was sagte Isabel, manchmal mit einem einschüchternden Ernst, und dann fiel ihr wieder ein, wie die Männer Isabel ansahen, beinahe flehend, und sie schüttelte überrascht den Kopf. Sie sah ihre Füße im Spiegel, das Rund der Knöchel, und dachte, dass sie bislang immer zu flache Schuhe getragen hatte.

Es war Isabel, ja. Oder genauer noch ihr Mann, dessen kühler Blick und knappe, präzise Bewegungen sie in Unruhe versetzten; abends dachte sie über ihn nach: warum er so schnell die Zeitung zusammengefaltet hatte und aus dem Zimmer gegangen war, warum er im Hinausgehen Isabels Schulter berührt und Isabel still in sich hineingelächelt hatte.

»Bei euch ist es so gemütlich«, sagte sie oft, und dann erzählte Isabel von den alten Möbeln und wo sie sie gekauft hatten, dieses Stück auf dem Flohmarkt, das dort beim Antiquar. Aber das hatte sie nicht gemeint, nicht einmal die Stille des alten Hauses oder die ruhigen Schatten, sondern das gemeinsame Wissen, das Isabel und ihren Mann zu verbinden schien und das sie immer wiederkommen und lange bleiben ließ. Manchmal brachte sie eine Flasche Wein mit oder zwei, und manchmal sagte sie: »Ich habe schon wieder zwei Tage nicht vernünftig gegessen. Es schmeckt einfach nicht alleine.«

Und so luden sie sie regelmäßig zum Essen ein.

Isabel war immer öfter ungesprächig und gereizt, jammerte über die Prüfungen und die geringe Vorbereitungszeit. Sie selbst lächelte stumm: Arme Isabel, wollte ihre Ehe schützen. Sie saß im Sessel, sah Isabel durch die offene Tür in der Küche hantieren, registrierte, dass Isabel, die sie doch so sehr mochte, ziemlich große Hände und Füße hatte, die sie unbeholfen aussehen ließen, wenn sie traurig war. Sie zog ihre Beine unters Kinn, zeigte ihre schwarzen Strumpfhosen, zupfte den Rock zurecht und sah Isabels Mann freundlich an: »Isabel ist so lieb zu mir gewesen nach dieser Erfahrung.«

Es war schon Herbst, als die Polizei anrief. Sie hatten den Mann festgenommen, und es gab bereits drei Frauen, die gegen ihn aussagen wollten. Sie wäre die vierte.

»Das ist schon so lange her. Ich muss noch mal überlegen«, sagte sie. »Gut, ich werde es wohl machen.«

Isabel sagte sie nichts von dem Anruf. Nur mit ihrem Mann hatte sie sich getroffen, um über die Sache zu sprechen; muss nicht ein Mann viel mehr von solchen Dingen verstehen als eine Frau, hatte sie gesagt. Nach Hause zu Isabel ging sie nicht mehr, und wenn sie sie an der Universität traf, wechselten sie nur ein paar Worte, dann endete auch das. Als Letztes hatte ihr Isabel erzählt, dass sie bei einer Ausländerorganisation mitmachte. Manchmal sah sie Isabel in der Kaffeeschlange stehen und überlegte, wie gut sie doch aussehen könnte, wenn sie nicht diese großen Wollpullover und weiten Hosen tragen würde, und zu ihrem Mann sagte sie:

»Isabel ist wirklich besitzergreifend und egoistisch, dabei ist sie mir so wichtig. Ich will euch doch nur helfen, aber sie spielt die Beleidigte.«

Dann sah sie auch Isabels Mann nicht mehr, aber es gab schon einen neuen Mann, auch der verheiratet, wie offenbar alle. Die Frau des Mannes führte eine Modeboutique, sie kaufte bei ihr einen schwarzen Lederrock, einen ganz kurzen, in dem sie aussah wie eine Frau und ein Kind zugleich, und stellte nebenher fest, dass die Frau ganz gewöhnlich aussah und sie den Mann nicht verstehen konnte, erst recht nicht, als er sie zu meiden begann.

Dann rief ein Anwalt sie an. Der Mann, der sie hatte vergewaltigen wollen, bot ihr zehntausend Mark dafür, dass sie ihre Anzeige fallen ließ und nicht aussagte. Der Anwalt erzählte von seinem Mandanten, der Frau und Kinder hatte, die er schützen wollte, und dass sein Leben ruiniert wäre, wenn die Sache öffentlich würde, seine Geschäfte, seine Finanzen, seine Familie. Stumm hörte sie zu, fragte nicht, wie die anderen drei Frauen reagiert hatten, erbat sich am Ende eine Woche Bedenkzeit. Sie dachte an die Frau des Mannes, mit Sicherheit eine unscheinbare Person, sie bekam sogar Mitleid, dachte an die Inhaberin der Boutique, dann an Isabel und wie sehr sie sich alle glichen.

An irgendeinem Tag während dieser Woche sah sie den Pelz. Er war grau und kurz, sie wusste genau, wie er mit dem schwarzen Lederrock aussehen würde, dazu selbstverständlich schwarze Strümpfe, und der Ausdruck in ihrem Gesicht: erstaunt, scheu. Es war der Pelz, der den Ausschlag für ihre Entscheidung gab, allerdings ging ihr dabei – als sie ihn später zu Hause vor dem Spiegel anzog – Isabel nicht aus dem Kopf, auch ihr Mann nicht, und der andere Mann und dass es etwas zu geben schien, das sie nicht verstand. Als der Anwalt nach einer Woche anrief, sagte sie, sie würde das Geld annehmen. Ihr täte der Mann leid, sagte sie, und besonders natürlich die Frau. Der Mann bräuchte professionelle Hilfe statt Bestrafung, und der Anwalt sagte schnell, dass der Mann sich bereits in Therapie begeben habe. Nach den anderen Frauen erkundigte sie sich immer noch nicht, und der Anwalt erwähnte sie auch nicht mehr. Das Geld war am nächsten Tag auf ihrem Konto, und als es diesen Winter wie auf ihren Wunsch hin früher kalt wurde und feiner Schneefall einsetzte, war der Pelz wahrhaft nützlich. Da noch Geld übrig war, kaufte sie das Ticket für die Kreuzfahrt nach Hamburg; sie dachte an das große Schiff und das Krachen des Eises, an hohe Barhocker und Tanzmusik. Und jetzt, als sie in Hamburg an einer Theke saß, schon eine ganze Weile dort saß und wusste, dass das Schiff erst am nächsten Tag wieder zurückfahren würde, als ihr Pelz auf der niedrigen Rückenlehne des Hockers lag, sie am Strohhalm ihres Drinks saugte und ab und zu einen Blick in den Spiegel warf – jetzt, als der Mann neben ihr schon zum zweiten Mal mit fordernder Stimme »Wie viel?« fragte, fielen ihr die Worte Isabels von den Anfängen und Enden ein, und sie begriff, dass dies das Ende war von etwas, das vor langer Zeit begonnen hatte, und der Anfang von etwas, das noch weit vor ihr lag, und dass sie mit diesem

Mann mitgehen musste. Sie schlüpfte in den Pelz, nahm ihre Handtasche und stand auf. Beim kurzen Blick in den Spiegel sah sie ihre Augen, und es kam ihr vor, als würde sie sie ein letztes Mal sehen.

Die Glücklichen

Jeden Werktag um halb vier spazierten sie vorbei, wie eine stumme Parade aus einer anderen Welt.

Sie beendete zu dieser Zeit ihre Arbeit, legte herumliegendes Papier zu einem Stapel zusammen und warf zerknittertes in den Müll, prüfte, ob im Ofen kein Feuer mehr brannte, schloss die Abzugsklappen. Dann stellte sie sich ans Fenster, und wenig später zogen sie vorbei.

Sie sah das Paar, das immer Hand in Hand ging, lächelnd, und die Füße anhob, als lägen auf der Straße Hindernisse, die außer ihnen niemand kannte. Sie sah die rotgekleidete Frau, die sich ihre ebenfalls rote Plastikhandtasche an den Busen drückte, und den dicken Mann, der an einer schon bis zum Filter gerauchten Zigarette zog. Die Parade der

Glücklichen, dachte sie und stand noch am Fenster, als sie längst weg waren und andere Leute vorbeigingen, an denen es nichts Interessantes zu entdecken gab.

Es war, als blickte sie in eine andere, langsam fließende Zeit, in fast stehendes Gewässer. Über dreißig Jahre war es her, dass sie den dicken Mann zum ersten Mal gesehen hatte. Er stand im Nichtschwimmerbereich des Freibads und rauchte, während die Kinder sich mit den Füßen am Beckenrand abstießen und an ihm vorbeischwammen. Wenn sie über seinen Kopf hinweg ins Wasser sprangen, hielt er schützend die Hand über seine Zigarette. Den ganzen Sommer war er da. Manchmal stand er auch vor den Umkleidekabinen und bettelte, »Eine Zigarette für Ville!«, dann rannten die Kinder mit aufgerissenen Augen und Mündern weg und äfften ihn aus sicherer Entfernung nach: »Eine Zigarette für Ville, eine Zigarette für Ville«, oder sie riefen »Ville-Fettkloß!« oder dass sie keine Zigaretten hatten. Die Kinder wurden größer, doch Ville blieb immer mit ihnen auf einer Stufe. Als sie klein waren, redete er wie sie. Als sie hinter dem Kiosk des Freibads Zigaretten rauchten, die sie ihren Vätern entwendet hatten, waren sie wie er. Später bemerkten sie die Haare an seinem Kinn, auf seiner Brust und an den Beinen, und wenn sie am frühen Abend durch die Straßen der Stadt zogen, begegneten sie ihm und grüßten.

Als der Radius der Kinder sich erweitert hatte, fanden sie den alten Sportplatz mitten im Wald, der nach der Fertigstellung des neuen nahezu verwaist war. Dort trainierte Olli. Er trug einen Trainingsanzug aus schimmerndem Stoff und hatte immer eine Stoppuhr dabei. Er rannte über die leere Aschenbahn und zog die Beine bei jedem Schritt hoch, blieb am Tor stehen und schrieb etwas in ein kleines schwarzes Buch. Er murmelte

Zahlen, klappte das Buch zu, verstaute es in seiner braunen Tasche, die auf der Schiedsrichtertribüne stand, und rannte wieder los; seine dunklen Haare glänzten vor Schweiß. Einmal holten die Kinder das Buch aus Ollis Tasche und sahen, dass die Seiten voll waren mit riesigen Ziffern, die sich jedoch nicht zu sinnvollen Zahlen gruppierten. Sie verstanden Ollis Notizen nicht und beobachteten verwundert, wie er nach und nach die Seiten füllte. Sie fragten ihn nach seiner Zeit für hundert Meter und nach der für vierhundert Meter, doch weil sie sich mit solchen Zeiten ohnehin nicht auskannten, konnten sie die Antwort nicht einordnen und wurden durch solch ein Gespräch auch nicht schlauer aus Olli.

Jeden Tag, jeden einzelnen Tag in diesem und auch im nächsten Sommer sahen sie ihm beim Training zu und hofften mit ihm auf große Wettkämpfe. Man sagte ihnen, dass Olli anders sei, aber sie sahen, dass der Küster beim Laubharken immer wieder von vorne anfing, wenn ein Windstoß seinen Haufen zerweht hatte, und dass die Mutter von Familie Malinen morgens die Fransen der Teppiche neu zusammenflocht und dass die Frau des Lebensmittelhändlers Bonbons klaute, aus dem Geschäft nebenan, nicht aus dem eigenen, wo sie alles umsonst bekam, und so glaubten die Kinder den Erwachsenen nicht.

Aber am Ende des zweiten Sommers, an den feuchten Augustabenden, die nach gemähtem Rasen und Rauch rochen, fingen ein paar der Kinder an, mit Olli um die Wette zu rennen. Sie hatten flinke, nackte Beine, ihre Fußsohlen waren von Sand und Felsen abgehärtet, und sie waren schneller. Ab da glaubten sie nicht mehr an Wettkämpfe. Sie zogen an ihm vorbei, drehten um und rannten ihm entgegen, drehten wieder um und rannten neben ihm her; er hob weiter die Beine an, schwang seine angewinkelten Arme vor und zurück und hielt grinsend den Blick auf die weiße Ziellinie gerichtet. Sie holten das Buch aus seiner Tasche, schrieben ihre Namen und gemeine Sprüche hinein, versteckten die Tasche im Gebüsch und Ollis Hemd und Hose unter der Tribüne; sie verstanden, was das Wort *anders* bedeutete.

Auf dem Felsen hockte ein Mädchen, sie zog den Saum ihres Kleides über die Knie, bis zu den Füßen, und schaute in die Luft. Sie war jünger als die anderen, immer ein bisschen hinterher, diejenige, die bei Indianerspielen als Bleichgesicht an den Baum gefesselt wurde und beim Polizeispielen die Verfolgte war, die, die am Schluss weinte. Sie sah, dass Olli seine Tasche suchte, löste ein Stück Moos vom Felsen, drehte es um und beobachtete, wie die schwarzglänzenden Ameisen hin und her liefen, das schien dasselbe zu sein wie alles andere auch. Sie stand auf, ging ins Gebüsch, holte das Buch und schlug es auf: haufenweise Zeichen auf dem Papier, ohne jede Regel, wie Sterne. Sie hob das Buch über den Kopf und sah nach oben, wirklich, ein Sternenhimmel.

Als die anderen Kinder den Sportplatz verließen, lief sie nicht mit, saß einfach weiter auf dem Felsen, drehte und wendete Moos. Sie blieb zurück, und auch wenn sie dabei – da es keine Alternative gab – in dieselbe Richtung ging wie die anderen, so war sie doch für sich, machte Umwege, blieb immer weiter zurück.

»Du sollst nicht allein auf dem Felsen sitzen, wenn er noch da ist«, sagte man zu ihr.

»Komm lieber mit den anderen nach Hause.«

»Der ist nun mal ein bisschen schlicht«, hieß es, als sie wissen wollte warum.

»Vielleicht sogar ein bisschen gefährlich.«

»Aber auch glücklich.«

»Glücklich.«

Im Herbst wurde Olli weggebracht. Es hieß, er könne eine Gefahr sein und dass er bald sterben würde, solche starben immer früh. Die Kinder gingen den ganzen restlichen Herbst und auch noch den nächsten Sommer auf den alten Sportplatz und ahmten Olli nach, zogen beim Laufen die Füße hoch und ruderten mit den Armen, ganz langsam, und redeten von Wettkämpfen. Das Mädchen wanderte zwischen den Tribünenbänken auf und ab, musterte die ins Holz geritzten, ihr unverständlichen Zeichen, schloss dann die Augen, befühlte die Ritzereien mit den Fingern und verstand, was sie mit offenen Augen nicht hatte sehen können: den Sternenhimmel.

Sie kam in die Schule, und ihr Schulweg führte an einer anderen Schule vorbei, auf deren Pausenhof die Kinder sich nur langsam bewegten und oft allein herumstanden. Am Zaun allerdings stand das Pärchen, das sich an der Hand hielt, wortlos lächelnd, all die Jahre lang, die sie zur Schule ging. Die Glücklichen! Mal hatte es geregnet, die Regenwürmer waren aus der Erde gekrochen und auf dem Asphalt verendet, die Straße dampfte noch leicht; mal hatte das Eis der ersten Frostnacht hauchdünn glänzend ihren Weg bedeckt; oder ein plötzlicher Frühlingsauftakt hatte den Schnee zu Wasser geschmolzen, das gluckernd unter dem Eis entlangfloss. Sie ging langsam, sie lief, verspätete sich fast, oder drehte wieder um, mitten auf dem Weg, ging zum Lesen an den Strand oder schrieb einen Brief an einen Jungen, der ihre Handschrift nie würde entziffern können. Das Paar lächelte sie unverändert von der anderen Seite des Zauns her an, stets dasselbe wortlose Lächeln, und sie ging weiter, dachte in einem Jahr an einen dünnen Jungen mit Brille, in einem anderen an einen kernigen, sportlichen, versteckte ihre großen Hände in den Rocktaschen und schob den Stoff tiefer, bis über ihre Knie. Sie überlegte, was wäre, wenn sie sitzenblieb oder ihre Mutter starb, oder wie es nach der Schule weiterging, die bald endete, und was sie irgendwann alles mit einem Mann tun musste, und was, wenn dieser Mann gar nicht kam.

An einem warmen Sonntag saßen ihre Mutter und Tante Marja in langen Wickelröcken mit straff geschnürten Taillen auf den Gartenstühlen vor dem Sommerhaus. Sie kam vom Ufer, hatte eine offene Muschel in der Hand, in der ein glibberiges Lebewesen wackelte.

»Komm zu uns«, rief ihre Mutter. »Geh nicht in den Wald, nicht alleine.«

»Und wenn du doch gehst, dann machst du einen großen Bogen um andere Spaziergänger.«

»Wenn es ein Mann ist, drehst du besser um«, sagte Tante Marja.

»Du musst wissen, es gibt Situationen,

in denen Männer furchtbare Kräfte entwickeln.«

»Kräfte wie ein Stier«, sagte Tante Marja, »wie ein Stier!«

»Besser, du denkst noch nicht an so was. Einfach nur, dass du es weißt.«

»Sie ist doch noch so eine Bohnenstange.«

Sie betrachtete die Muschel: Sie war stumm, zitterte aber deutlich, irgendetwas versuchte auch sie zu sagen, und so brachte sie sie zurück ins Wasser. Vor der Sauna saßen ihr Vater und Onkel Matti, auf dem Holzstapel stand ein Glas. Die beiden sahen nicht so aus, als hätten sie die Kräfte von Stieren, und sie wusste, dass sie nicht auf die Frauen zu hören brauchte.

Eine Welt, die sie nicht verstand, ohne einleuchtende Regeln, ohne Ordnung. Im Herbst harkte der Küster Laub, das der Wind wieder fortwehte. Nach dem Einkaufen steckte ihre

Mutter eine Münze in den Wackelautomaten und ließ sich durchschütteln, bis ihre Wangen wabbelten und die Brüste wogten, und als sie fertig war, stand schon die nächste Frau an.

»Das macht schlank.«

Sie wurde trotzdem dicker.

Und die Abiturientin aus dem Nachbarhaus mit den sechs Einsen beging Selbstmord, und ihre Mutter redete von der Liebe zu ihrem Vater, bewarf ihn aber kurz darauf mit einer Teetasse, und manchmal hörte man nachts einen Erwachsenen weinen, doch am nächsten Morgen hatten alle gut geschlafen. Wenn aber irgendwo ein Attentat stattfand, ein Flugzeug abstürzte, jemand entführt wurde oder in einem Bahnhof eine Bombe explodierte, dann redeten die Leute ausgiebig darüber und wunderten sich. Sie fand, dass dies gut zu dem Widerspruch passte, der zwischen dem, was sie beobachtete, und dem, was die Leute sagten, bestand.

Und so lernte sie die Wörter. Das ganze Leben bestand daraus, Wörter zu lernen, auch das lernte sie. Sie lernte alte und neue Wörter, solche, die man kennen musste, und solche, die sie lieber nie gelernt hätte. Ich. Du. Wir, und dann wieder: ich; all das lernte sie, und abgründige Ausdrücke, stark wie Eigennamen, und auch das Wort, das hinter jedem Ausruf stand. Manchmal aber blieb sie vor einem Baum stehen, dessen Zweige bei einem einzigen Windstoß alle Regentropfen abschüttelten, oder vor einer langen Schneewehe, die wie eine Kette von Bergrücken aussah, oder vor den unerklärlich zielstrebig verlaufenden Spuren einer Katze, einem geraden Band durch den Schnee, über Höfe und Zäune hinweg. Und ab und zu schaute sie in den Sternenhimmel.

Die Zeit verging. Der Lebensradius wurde kleiner, das Tempo beschleunigte sich. Sie heiratete einen Mann, dann einen zweiten, irgendwann lebte sie wieder allein. Sie lernte, dass alle gesagten Wörter mit der Zeit ausblichen, herabfielen wie erloschene Sterne, manchmal noch als Echo zu hören waren vom Grund einer Kluft, entfernt und verzerrt, still geworden. Nur noch selten weckten Wörter andere Wörter auf, so wie Kinder auf einem Matratzenlager in der Skihütte sich gegenseitig aufweckten, wenn draußen mit einem lauten Knall das Eis barst.

Und eines Tages sieht eine alternde Frau sie im Spiegel an, die nur noch ein einziges Wort vor sich hinspricht, undefinierbar, aber um das sich das restliche Leben drehen wird.

Noch immer harkt der Küster im Herbst Blätter, die der Wind wieder fortweht. Die Frau des Lebensmittelhändlers spaziert in Nachthemd und Nerz durch den Ort und stopft sich in den Läden Bonbons in die Taschen, und ihr Mann zahlt die Rechnungen, die seine Kollegen wegen der Bonbons schicken. Der Wackelautomat ist weggeräumt, dafür sind jetzt überall Spielautomaten, an denen die Frauen ebenfalls Schlange stehen. Jeden Tag um halb vier führt die Parade der Glücklichen an ihrem Arbeitszimmer vorbei, aus der Zeit gefallen, für immer in derselben Schule, in derselben Klasse, und sie steht am Fenster. Wenn sie einen von ihnen auf der Straße trifft, sieht sie manchmal diesen Blick, wie ein Erkennen.

Wirklich jeder Mann

Über dem Flugzeug befand sich eine dünne Wolkenschicht. Die Maschine stieg auf sie zu und wurde verschluckt, nur die Triebwerke waren noch zu hören.

Sie hatte gehofft, der Himmel wäre klar. Sie hatte sich das Blinken der Sonne auf den Tragflächen vorgestellt und den eleganten Bogen, mit dem das Flugzeug hoch oben im Blau verschwunden wäre, wie ein zur Sonne geschossener Pfeil. Jetzt hatte sie bloß das schwerfällig aussehende Losrollen, das langsame Abheben von der Startbahn und ein reizloses Eintauchen in die Wolken gesehen. Gleich danach stieg auch schon eine weitere Maschine auf, und sie wusste nicht mehr, auf welche sie sich konzentrieren sollte. Auf der Anzeigetafel über ihr blinkte bei zwei Flügen das grüne Licht für *gestartet*: Paris und Rom.

Dann erlosch es, und neue Reiseziele rückten nach.

Sie hatte die rechte Hand zur Faust geballt, um das Gefühl der Berührung darin zu bewahren. Als Paris und Rom ganz von der Tafel verschwunden waren, verließ sie ihren Platz am Panoramafenster und öffnete beim Gehen langsam die Faust.

Das Auto stand vor dem Flughafengebäude auf dem Parkplatz. Als sie die vielen Aufkleber an den Fenstern sah und die Delle an der Fahrertür und den weißen Möwenkot, der seit dem Ausflug letztes Wochenende auf dem Dach klebte, drehte sie um und ging zurück in die Halle, Richtung Bar.

Das Wasser war warm gewesen wie Milch, erinnerte sie sich. Sogar mitten in der Nacht waren sie schwimmen gegangen, hatten die Fahnen und Bojen ihrer Lachsnetze dunkel aus dem Wasser ragen sehen. Jetzt waren die Netze an Land, lagen gereinigt und getrocknet in einem Plastiksack unter dem Sommerhaus. Das Meer war abgekühlt, nachts regnete es.

In der Bar hatte sich eine Reisegruppe zusammengefunden, alle trugen bunte T-Shirts und schüttelten sich die Hände, Namen wurden lachend ausgetauscht. Sie ging weiter und betrat das Restaurant.

Vom Fenstertisch aus sah man den bedeckten Himmel und das staubig aussehende Flugfeld; ein Flugzeug wurde gerade betankt, auf ein anderes ging ein Putztrupp mit Staubsauger und Putzutensilien zu.

Unentwegt hoben Maschinen ab, der Start einer einzelnen verlor allmählich an Bedeutung. Der Himmel, dachte sie, war oben wahrscheinlich schwarz von Flugzeugen, da blieb kein Platz mehr für Romantik.

Sie bestellte ein Bier. Die Bedienung wies sie darauf hin, dass ihr Tisch für Kunden vorgesehen war, die speisen wollten, und sie bestellte noch eine Lachssuppe. Hunger hatte sie keinen, es war das günstigste Gericht auf der Karte.

Hinter ihr ertönte herzhaftes Gelächter. Sie beugte sich zu ihrer Handtasche hinunter, die über der Rückenlehne hing, holte Zigaretten heraus und sah vier Männer in Anzug und Schlips mit reisemüden Gesichtern.

»Tja, das Geschäft mit dem Osten, das brummt!«

Schon bald flöge die Maschine über Stockholm. Dann noch drei Stunden bis Paris. Sie dachte an das Ziel des Mannes, eine alte Stadt, in der es noch lange warm sein würde, von morgens bis abends blauer Himmel, nachts tiefdunkel, das Licht von Mond und Sternen warm, mit einem nebligen Hof. Und sie dachte an die Schwalben, die vor Sonnenuntergang aufschwärmten und in dichten Scharen über den Dächern kreisten, an ihre unzähligen Nester in den hohen Hauswänden, die man nur morgens und abends bei schrägem Lichteinfall sah.

Sie dachte an die Nächte, in denen das Laken als Decke genügte und vor dem offenen Fenster die Kastanien aufplatzten und mit leisem Aufprall auf den Asphalt fielen.

»Man muss aus allem Profit schlagen. So läuft es nun mal«, tönte es hinter ihrem Rücken, wieder lachten die Männer laut.

Die Suppe und das Bier wurden serviert. Der Fisch war mit Milch, nicht mit Wasser zubereitet, die Lachsstücke schwammen rosa obenauf, der Teller dampfte wohlriechend. Sie dachte an den ersten glänzenden Lachs, den sie aus den Netzen geholt hatten, an die wuchtigen Schläge seines ruderblattartigen Schwanzes im Boot und dass sie ihn mit beiden Händen über die Felsen hatte tragen müssen, wie ein kleines Kind. Der Kopf war so groß wie der einer Katze gewesen. Sie hatten den Lachs gleich am

Abend über dem Feuer geräuchert und gegessen, über ihnen ein riesiger, rötlicher Mond.

»Ein Mädel oben und eins unten, jawoll!«, wurde hinter ihr gefeixt.

Sie tauchte den Löffel in die Suppe und probierte, aber es schmeckte anders. Sie trank vom Bier und dachte wieder an den Mann: Was für ein Hotel er nähme und ob es auch dort diese wackeligen Betten gäbe, aus denen man ständig rauszufallen fürchtete, obwohl es nie passierte. Sie überlegte, ob der Mann schon heute Abend anrufen würde oder ob er einen Spaziergang machen würde in der Stadt, die er gut kannte und die er lange nicht gesehen hatte.

Die Männer bestellten Kognak. Als die Bedienung gegangen war, gingen noch lautere Lachsalven los.

»Als ich denen meinen aufgeklappten Koffer gezeigt habe mit der Videokamera darin, hat die eine angefangen zu heulen. Die andere war stocksauer, aber die Kleine hat gar nicht mehr aufgehört zu heulen.«

Der Kognak wurde gebracht. Sie rührte in ihrer Suppe, die schnell abgekühlt war und nicht mehr duftete, fischte Lachs heraus, betrachtete die rosa Stücke auf dem Löffel, aß jedoch nicht weiter.

»Aber sie haben brav das Geld gezahlt«, hieß es hinter ihr, und wieder lachten sie los. »Man muss aus seinen Handelsbeziehungen doch Profit schlagen!«

Sie trank das Bier aus, schob den Teller von sich weg und zündete eine Zigarette an. Drei Wochen. Sie dachte an das Telefon und dass sie auf das Klingeln warten würde, und am Ende war es doch nur der Nachbar. Sie dachte an das große Bett und an das Aufwachen im Morgenlicht, und an alle Gedanken – die abends, die nachts, die morgens und die tags – und wie unterschiedlich sie sein würden, und an all das, was sie in dieser Zeit träumen würde.

»Danach lief es nach meinem Kommando. Brave Mädchen. Die Aufnahme habe ich natürlich nicht gelöscht, mein Ehrenwort muss reichen. Hat es dann ja auch.«

»Also wirklich«, erwiderte einer, »das ging ja ganz schön rund.«

»Ach komm schon, da würde doch jeder Mann, wirklich jeder Mann …!« Die anderen lachten. »Zeig mir den, der nicht sofort mit dabei wäre.«

Sie winkte die Bedienung herbei, zahlte, steckte die Zigarettenschachtel in die Handtasche und stand auf. Als sie aus dem Restaurant ging, spürte sie den Rocksaum an ihren bloßen Beinen schwingen, und sie dachte, wie unnütz das war: der neue italienische Rock, die neuen Schuhe, die jetzt schon drückten, das Parfüm, das niemand bemerkte.

Draußen sah sie wieder den Möwendreck auf dem Autodach. Müsste man waschen, dachte sie. Waschen lassen. Und wachsen und polieren lassen.

Sie spreizte die Finger der rechten Hand, die, die sie zur Faust geballt hatte während der Passkontrolle, während des Starts, der Beschleunigung, des Abhebens. Sie schaute in ihre Handfläche. Eine ganz normale Hand, eine ganz normale, leere Hand.

Wie Liebe entsteht

Den ganzen Tag hatte Annika die Worte des Liedes im Kopf.

Wie Liebe entsteht – keiner weiß, wie das geht; damit hatte der Wecker sie morgens aus dem Schlaf gerissen.

Sie hatten einen Radiowecker gekauft, damit sie nachts nicht mehr das laute Ticken hören mussten, im dunklen, hallenden Zimmer, und das schrille Klingeln, das an den Schrei eines erschrockenen Kleintiers erinnerte.

Auch vieles andere hatten sie angeschafft, damit das Leben einfacher wurde: eine Geschirrspülmaschine, eine Waschmaschine mit Trockner, eine Mikrowelle und ein zweites Telefon, da die Wohnung groß war. Das Leben lief, es blieb viel Zeit, auch zum Nachdenken, was gewesen war, was hätte sein können und was in Zukunft sein würde.

Meistens schaltete der Radiowecker sich mit einem Guten Morgen ein, dann folgten der Tag und das Datum, der Wetterbericht und die Verkehrslage in der Stadt, ob irgendwo ein Unfall die Einfahrtsstraße blockierte oder ob Straßen aufgrund von Baustellen zu umfahren waren. Hin und wieder gab eine Frauenstimme die aktuellen Gemüsepreise auf dem Markt bekannt und interviewte die Verkäufer; man bekam sofort Lust, aufzustehen und auf dem Weg zur Arbeit über den Markt zu gehen und in der hellen Märzluft, die vom Nachtfrost noch prickelnd kalt war, an erdigen Kartoffeln, Zwiebeln und Brot zu riechen. Manchmal kam auch Musik im Radio, mit einer Melodie, bei der man sich wieder im Bett verkriechen und mit offenen Augen den wirren Traumbildern nachspüren wollte.

Heute Morgen aber kam *Wie Liebe entsteht,* so laut, dass Annika erschrak und mit einem Schlag wach war, und gleich darauf witterte sie eine unbestimmte Gefahr. Sie lag auf dem Rücken, vollkommen regungslos, wie in den Herbstnächten im Sommerhaus, wenn draußen ein Geräusch erklang, für das die Erinnerung keine Erklärung bot. Das Lied steigerte sich ins Forte, und obwohl es Annika geradezu kribbelig machte, war es ihr unmöglich, aufzustehen und das Radio auszuschalten. Als es schließlich zu Ende war und die Sprecherin die Hauptthemen der Nachrichten ankündigte, drehte Annika sich zu ihrem Mann und sah ihn an; er schlief noch. Da die Zeitschaltuhr der Kaffeemaschine noch nicht angesprungen war, blieb sie liegen und betrachtete sein Gesicht. Ihr Mann lächelte im Schlaf, die Spitzenborte des Kopfkissens umrahmte seine Wangenlinie, die Bartstoppeln hoben sich dunkel vom weißen Stoff ab. In Annikas Kopf klangen die Worte des Liedes weiter, und auf einmal, beim Anblick des vertrauten Gesichts, hatte sie dieselbe Eingebung wie damals auf der Hotelterrasse in den Bergen, beim Anblick des schneebedeckten Gipfels: die Gewissheit, dass man es nie bis oben schaffte.

Sie bekam die Worte den ganzen restlichen Tag nicht aus dem Kopf.

In der Telefonzentrale des Krankenhauses, wo sie zwischen den Anrufen normalerweise in Frauenzeitschriften blätterte, stand sie immer wieder auf und trat ans Fenster oder vor den Spiegel am Wandschrank. Vom Fenster aus sah man eine große Rasenfläche, auf der noch ein paar vereinzelte Kiefern an den Wald von früher erinnerten. Zwei Hundebesitzer drehten ihre morgendliche Gassirunde, den restlichen Vormittag läge der Rasen verlassen da, erst nachmittags kamen die Schulkinder mit ihren Ranzen und Rucksäcken. Im Spiegel schaute ihr ihr weißes Gesicht entgegen, es wirkte ein wenig leer. Obwohl der Anblick draußen wie auch der im Spiegel ihr vertraut war, zeigte sich eine Falte des Erstaunens über ihren Augenbrauen.

»Wie Liebe entsteht«, murmelte sie. »Keiner weiß, wie das geht.«

Ihre Lippen bewegten sich, der Zeigefinger strich über die feine, trockene Haut. Ihr fiel der Morgen ein, das Lächeln auf dem Gesicht ihres schlafenden Mannes, und sie überlegte, was für Bilder wohl vor seinen Augen entlanggezogen waren. Zum ersten Mal seit drei Jahren überlegte sie das.

Drei Jahre, dachte sie, als sie wieder hinter der Glasscheibe saß, mit dem Blick ins Foyer. Das stumpfe Licht von draußen und die Schatten waren weitergewandert, ganz plötzlich, wie ihr schien, ähnlich wie der Minutenzeiger der großen Uhr, der immer drei Striche auf einmal vorrückte. Sie musste an den Tag denken, an dem der Lichteinfall auf ihr Leben sich genauso plötzlich verändert hatte, an die Sache, die so schwer zu begreifen war: Der Mann, *ihr* Mann, und eine Frau, die sie nie gesehen hatte, eine Beziehung, eine Abtreibung, das Ende; und der Gesichtsausdruck ihres Mannes, als er davon erzählte, an den musste sie ebenfalls denken. Sie hatte geglaubt, das sei alles schon vergessen, doch jetzt, als sie ihre Hand ausstreckte, um auf den blinkenden Knopf der Anlage vor ihr zu drücken, und denselben Satz sagte wie seit fünf Jahren, wusste sie, dass sie es keine einzige Sekunde vergessen hatte.

Ab da setzten die Erinnerungen ein, dicht wie bei hohem Fieber, wenn ein Phantasiebild das andere jagt, ohne Richtung und Ziel, und man intuitiv weiß, dass ein Moment lang ist, sich ewig ausdehnen kann, das Leben aber kurz.

Vor ihr lag das Foyer mit der Tag und Nacht eingeschalteten Beleuchtung und dem glänzenden Linoleum, doch sie sah einen Waldweg, spürte den nachtkühlen Sand unter den nackten Füßen und hörte die Schnallen der Sandalen in ihrer Hand aneinanderschlagen. Dann der See, und die stille Landschaft auf seinem Grund, deren Licht und Schatten sie früher gefürchtet hatte wie ihre eigene Zukunft. All das war schon lange her, dachte sie. Und dann, genauer: *Alles* war schon lange her.

Da saß sie, die Zeiger der Uhr rückten vor. Als sie aufstand, langsam, um sich noch einmal im Spiegel zu mustern, sah sie in ihrem Gesicht den Ausdruck einer alten Frau. Ohne ein Lächeln, ohne jede Mimik betrachtete sie sich und wusste, dass die Jugend, eine lang ausgedehnte, vorüber war. An ihre Stelle waren keine mittleren Jahre getreten, keine neue Lebensphase, sondern das Loslassen. Es hatte an einem bestimmten Punkt begonnen, sich aus ihr genährt und würde das Terrain erobern.

Draußen vor dem Fenster gingen jetzt die bunt gekleideten Schüler vorbei, alle anders, mit nicht vorhersagbaren Körperbewegungen. Bei diesem Anblick fiel ihr ein, wie sie einmal ebenso sicher gewusst hatte, dass die Kindheit vorbei war. Es war der Abend vor Mittsommer gewesen, sie hatte im Schlafzimmer oben im Sommerhaus gelegen, die angedunkelte Holzvertäfelung hatte in der Mittsommernachtssonne geschimmert. Die frische, noch steife Bettwäsche hatte geraschelt, als sie sich bewegte, und durchs Fenster strömte der volle Geruch des Waldes, irgendwo sang ein Abendvogel. Sie sah die Dämmerung langsam in die Zimmerecken sickern, sah das späte restliche Licht am Fenster und den leichten Vorhang, der sich mal ans Mückengitter ansaugte und wieder von ihm wegblähte, und sie wusste, dass etwas sehr bald enden würde, jetzt, und dass das nächste Mittsommerfest ein anderes wäre und sie nicht mehr dieselbe. Sie erinnerte sich bis heute, dass dieses Wissen sie die ganze Nacht hindurch wach gehalten hatte.

Und wieder gingen ihr die Worte durch

den Kopf: Wie Liebe entsteht, und: keiner weiß, wie das geht.

Am Nachmittag wechselte die Schicht, die Eingangstür ging ständig auf und zu. Wer jetzt anfing, eilte ins Foyer und brachte für einen Moment den Geruch des frischen, sonnigen Märztages herein; kurz darauf gingen die, deren Schicht zu Ende war, nach draußen. Alle grüßten, und sie grüßte mit erhobener Hand zurück, überlegte dabei, wie wenige sie doch mit Namen kannte. Noch immer waren sie vor allem Nummern, dazu Stimmen am anderen Ende der Leitung. Vor fünf Jahren hatte sie hier zum ersten Mal gesessen, in den Semesterferien, dann vor drei Jahren, um ihre Abschlussarbeit an der Uni zu finanzieren. Heute war diese Arbeit ein Stapel vergilbtes Papier ganz unten in einer Schublade, und für die Leute im Krankenhaus schien klar, dass sie für immer blieb.

»Hallo«, sagte eine Frauenstimme direkt

an der Scheibe, Annika hob schnell den Kopf. Wieder die blonde Krankenschwester, Frau Lehikoinen, sie hatte noch ihren Mantel an, die Frisur war vom Wind zerzaust. »Waren Sie gerade eingenickt? Hören Sie, bitte keine Anrufe von meinem Mann durchstellen, ja?«

»Gut«, sagte Annika. Frau Lehikoinen sah sie noch einen Moment an, prüfend, nickte dann und ging weiter. An der Telefonanlage klebte schon seit einer Woche ein Zettel: FRAU LEHIKOINENS EHEMANN NICHT DURCHSTELLEN; trotzdem sagte sie jeden Tag aufs Neue Bescheid. Der Mann rief tatsächlich immer wieder an, nachmittags und auch abends noch, wenn ihre Kollegin sie schon abgelöst hatte, und wurde dann in den Heizungskeller verbunden, wo das Läuten vor sich hin hallte.

Was war mit den beiden passiert?, fragte Annika sich. Dann dachte sie: Was passierte mit ihnen allen? Und die ganze Zeit waren die

Worte des Liedes im Hintergrund, dazu das neue Gefühl des Loslassens. Sie wusste, dass sie kurz vor einer Erkenntnis stand. Der Gesichtsausdruck ihres Mannes fiel ihr wieder ein: wie ein Kind, das aus Versehen ein Spielzeug kaputt gemacht hat, das es sehr mag.

Der schmale Lichtstreifen auf dem Linoleum wurde immer länger, irgendwo ging eine Tür. Auf der anderen Seite des Foyers öffnete die Kioskverkäuferin ihren Laden und stellte die Zeitungsständer auf. Der Lichtstreifen erreichte die Wand, machte einen Knick, kletterte senkrecht höher. Annika sah nun alles klar. Unterhalb der Ereignisse verlief noch ein tieferer Strom des Geschehens, dunkel und unberechenbar im Verlauf. Dort reiften Entscheidungen, langsam und ohne dass man es merkte, während oben das Leben weiterging und unbedeutende Kleinigkeiten sich addierten, bis man eines Morgens, ohne zu begreifen warum, aufwachte und etwas wusste.

Sie dachte an das Zehenwackeln ihres Mannes und dass diese Angewohnheit sie immer mehr anwiderte. Sie dachte an den einen sprachlichen Schnitzer, den er öfter machte und den sie stets korrigierte, um dann über seine Pikiertheit zu lachen. Sie dachte an ihre Lustlosigkeit und die lieblos gekochten Mahlzeiten, an ihre Kommentare über die selbstgestrickten Socken, die ihr Mann zu Weihnachten immer von seiner Mutter bekam, und über den Tick ihres Schwagers, jeden Satz mit »Ja also« zu beginnen.

Ihre Verwandten hatten irgendwann aufgehört, sie auf Nachwuchs anzusprechen, und zwischen ihnen beiden hatte eine wortlose Einigung stattgefunden, dass sie keine Kinder wollten. Die Außenwelt schien das zu merken. Jetzt, beim Anblick des kletternden Lichtstrahls, überlegte Annika zum ersten Mal, was für ein Kind sie bekommen hätte, wie ein Kind von diesem Mann ausgesehen hätte, und als Nächstes dachte sie, dass sie ihren Mann nicht mehr liebte.

Das Telefon klingelte. Es war Herr Lehikoinen. Sie kannte seine Stimme bereits, eine schöne klare Männerstimme, und zum ersten Mal stellte sie sich vor, wie ein Mann mit einer solchen Stimme wohl aussah. Sie hatte die Nummer des Heizungskellers schon von der Liste abgelesen, »Moment« gesagt und wollte gerade die Zahlenfolge drücken, als sie ihn doch zur Station durchstellte. Am anderen Ende hob Frau Lehikoinen ab, Annika sagte »ein Gespräch« und legte auf, wartete, ob die Verbindung gehalten wurde. Doch die kleine Anzeige leuchtete, und sie leuchtete lange. Annika beugte sich vor, riss den Zettel mit dem Durchstellverbot ab und warf ihn in den Papierkorb.

Wer weiß am Ende schon, was Gewinn ist und was Verlust, überlegte sie und behielt die weiterhin leuchtende Anzeige im Blick. Drei Jahre lang hatte sie gedacht, etwas gewonnen zu haben, hatte das ihren Mann nicht vergessen lassen; doch jetzt wusste sie, dass sie nichts gewonnen hatte und dass etwas Schlimmes bevorstand.

An diesem Abend waren sie in ihrem Haus mit der Sauna dran. Annika ließ ihren Mann den Kellergang vorangehen, links und rechts lagen die ungelüfteten Verschläge mit Wintergemüsekisten, staubigen Einmachgläsern und vergessenen Marmeladen. Vor ihr baumelte das Handtuch auf dem Rücken ihres Mannes, der im Laufe der letzten Jahre krummer geworden war.

Der Saunaofen zischte laut bei jedem Aufguss, der beinahe trockene Dampf hatte eine stechende Note. Annika lehnte sich an die Wand, die lackiert worden war und nun unangenehm an der Haut klebte; und dann, ohne innere Vorwarnung, fiel ihr eine andere Sauna ein mit einer Sturmlaterne als Beleuchtung und Eis auf dem Zementfußboden, aber ganz oben über hundert Grad. Im Eisbottich rieben sich raschelnd feine Eisplättchen, wenn man mit der Schöpfkelle Wasser entnahm, und auf dem harschig gefrorenen Weg zum Eisloch taten die nackten Füße weh; am nächsten Tag war sogar Blut zu sehen. Am Himmel hatten die Sterne geleuchtet und der Mond, und aus der Hütte das Licht.

Der heftige Aufguss ihres Mannes oder die Unmittelbarkeit der Erinnerung trieben ihr die Tränen in die Augen, und als sie sich vorbeugte und verschwommen ihre Zehen sah, wurde ihr bewusst, wie viel sie schon vergessen hatte.

Im Duschraum schrubbte sie ihrem Mann den Rücken, dann schrubbte er ihren. Annika stützte sich mit den Händen an den Fliesen ab; das kräftige Kreisen des seifigen Schwammes war bis in ihre Beine spürbar. Ihr Mann wusch länger als sonst, mit langsamen, nachdenklichen Bewegungen, und als sie sich umdrehen wollte, hielt er ihre Schultern fest. Sie gab einen Laut von sich, ihr Rücken kribbelte, sie fühlte ihr Blut unter der Haut zirkulieren.

Ihr Mann umfasste hart ihren Nacken, ließ wieder los. Der Schwamm stoppte.

»Ich liebe dich.«

Seine Stimme klang überrascht, wie eine Frage. Mit verzerrtem Gesicht drehte Annika sich um, brach in lautes Wimmern aus und sank auf die Knie. Erschrocken stand ihr Mann vor ihr, Annika lag auf dem Boden und weinte, sie wusste, dass das Schlimme eingetreten war. Vor ihr glitt eine Seifenblase über die Fliesen, in der sich Lampe und Holzdecke spiegelten, drehte sich einmal um sich selbst, trieb zum Abfluss, landete zitternd auf dem Schutzsieb und verschwand.

Neger seye!
Von der Mohren. Apotheke!

Der Mond

Frühmorgens gegen drei verließ sie das Haus. Sie ging durch das verrauchte Zimmer in den Flur, zog die Jacke über, bestellte ein Taxi und trat hinaus. Als die Tür hinter ihr zufiel, blieben der Lärm und die Gespräche zurück, über ihr lag die dunkle Nacht, vor ihr der Wald, unter ihr erst Asphalt, dann Sand und Schotter, und es herrschte eine Stille, die nach den vielen Worten der Leute rauschte und dröhnte. Es war feucht, die Erde und das erste Grün rochen würzig, kurz tauchte eine andere Note auf, vergangen und süßlich, und verschwand: Traubenkirsche, Ahorn. Sie steckte die Hände in die Taschen und marschierte los, die schmalen Absätze ihrer Schuhe sanken in den Sand, wieder einmal hatte sie das Gefühl, am falschen Ort zu sein. Sie drehte um und ging zurück, drehte noch mal um und ging weiter.

»Vielleicht ist mit dem Taxi etwas schief-gegangen«, überlegte sie laut.

Dann: »Und wenn schon.«

Sie ging weiter in die Richtung, aus der das Taxi ihr entgegenkommen musste. Sie ging langsam, dachte an den weiten Weg, der vor ihr lag, wünschte sich, dass er noch wei-ter wäre und die Nacht nie endete, sie nie wieder Leute reden hören würde.

Gestern Nacht hatte ihr Vater angerufen, nach vier.

»Kommt schnell, bevor sie reinkommen!«

»Wer?«

»Na, die, die draußen im Garten sind, so genau sehe ich das nicht, ist ja noch dunkel. Jetzt haben sie sogar die Leiter geholt, und da guckt ein Bärtiger durchs Fenster, ihr müsst ganz schnell kommen!«

Das Telefon fiel zu Boden, so viel hörte sie noch, dann war die Leitung unterbrochen.

Als sie ihren Vater zurückrufen wollte,

ging er nicht mehr ran. Es half nichts. Sie zog sich Jeans und Mantel über das Nacht- hemd, stieg ins kalte Auto, dessen Fenster beschlagen waren, und fuhr auf die von Re- gen schwarze Autobahn, fuhr dann wieder runter. In der dunklen Eigenheimsiedlung leuchtete das Haus ihres Vaters wie eine Fa- ckel: In allen Fenstern brannte Licht.

»Die sind gerade eben abgehauen, kurz bevor ihr geklingelt habt«, sagte ihr Vater an der Tür. »Na, dann kommt mal trotzdem rein.«

»Das war vielleicht was«, meinte er, als sie im Wohnzimmer saßen, der Tisch in ihrer Mitte war dick mit Zeitungen und Werbe- sendungen bedeckt. Wochen alte Zeitungen, einige noch so zusammengelegt, wie der Austräger sie gebracht hatte.

»Als ich nach Hause gekommen bin, saß in der Küche eine große dicke Frau, die un- anständige Gesten gemacht hat. Ich habe mich ins Schlafzimmer geflüchtet, aber da lag der Sohn von Kolehmainen in meinem

Bett und hat die Thekenfrau aus der Bar gebumst. Natürlich wollte ich sofort die Polizei anrufen, aber dann habe ich gesehen, dass draußen ein großer Mann die Räder von meinem Auto abschraubt. Neben ihm hockte eine Frau auf dem Boden und hat gebrüllt: Wenn du uns keine Zigarren rauswirfst, klauen wir deine Räder. Ich habe alle Zigarren rausgeworfen, die ich hatte. Dann sind sie die Leiter hochgeklettert und wollten zu mir rein, aber als sie mitbekommen haben, dass ich bei euch angerufen habe, sind sie weggelaufen.«

Sie gingen in den Garten. Ihr Mann trat gegen die Reifen, es war alles in Ordnung. Unter dem Küchenfenster lagen einige Zigarren. Als sie wieder hineingingen, hatte ihr Vater schon den Schlafanzug angezogen und saß gutgelaunt in seinem Bett, die Decke bis zur Brust gezogen.

»Es passieren die seltsamsten Dinge«, kicherte er.

»Dasselbe wie sonst auch«, sagte ihr Mann, als sie wieder im Auto saßen.

»Und trotzdem fahren wir immer wieder los.«

»Anders geht es doch nicht. Man weiß ja nie.«

»Wahrscheinlich hast du recht.«

Sie sah aus dem Fenster und dachte an die vielen Male, die sie schon aufgebrochen waren; mal hatten sie ihn in die Notaufnahme fahren müssen, wo er wieder ausgebüchst war, mal hatten sie ihn irgendwo eingesammelt und nach Hause gebracht, wo er ebenfalls wieder losgezogen war, bis ein neuer Anruf kam. Und sie dachte an die Reaktion ihres Vaters, als *sie* ihn einmal anrief: »Gibt es irgendetwas Wichtiges, oder warum rufst du hier an?«

Am Vormittag, als sie ihren zweiten Kaffee trank und Zeitung las, hatte das Telefon geklingelt. Es war der Verkäufer des Tabakladens, er hatte wieder ihre Zigarettenmarke, sie sollte vorbeikommen.

»Danke«, erwiderte sie, »aber unser Vorrat reicht noch eine Weile.«

»Na, dann ist ja gut«, sagte der Verkäufer.

Sie wusste, dass sein Laden eine Woche lang geschlossen gewesen war. An der Tür hatte ein Zettel gehangen, auf dem in blauen Filzstiftbuchstaben stand: BALD WIEDER DA. Immer wenn die Sonne schien, saß der Verkäufer mit seiner dunklen Brille auf einer Parkbank, nie saß er allein da, und unter der Bank lag eine volle Plastiktüte.

Nach einer halben Stunde rief er wieder an.

»Ich dachte nur«, sagte er, »ich bin doch demnächst im Urlaub, und vielleicht wollen Sie vorher doch noch ein paar Stangen kaufen. Ihre Marke kriegt man ja nicht überall.«

»Na gut«, sagte sie, »dann komme ich doch.«

Sie ging über die Straße zu dem kleinen

Laden, in dem es nach Staub roch und kaltem Kaffee, den man zu oft aufgewärmt hatte. Im Regal lagen Zeitschriften aus glänzendem Papier, und obwohl sie ganz verschiedene Namen hatten, sahen sie alle gleich aus: vorne drauf vor allem helles Rosa, Braun und ein kleines bisschen Schwarz. Abnehmer waren die russischen Seeleute.

Der Verkäufer stand mit seiner dunklen Brille hinter dem Tresen. Zerstreut suchte er nach den Zigaretten, reichte sie ihr schließlich hinüber und zählte dann das Wechselgeld für ihren Fünfhunderterschein ab. Das dauerte. Sie sah durch das staubige Fenster auf die Straße, wo eine Frau in Jogginganzug vorbeiging, sie trug eine prall gefüllte Plastiktüte. Neben ihr fuhr ein Kind mit blauem Helm auf einem Dreirad. Dann musterte sie die Regale, in denen nur wenige Zigarettenschachteln lagen. Der Verkäufer brummte etwas und schüttelte den Kopf. »Will jetzt nicht so richtig.«

Sie ging hinter die Theke, zählte sich das Wechselgeld ab, zählte es ihm noch einmal laut vor, nahm die Stangen und verließ den Laden.

Als sie über die Straße ging, hängte der Tabakverkäufer bereits wieder das Vorhängeschloss an seine Tür.

Sie war jetzt am Ende des Sandwegs angekommen, vor ihr lag asphaltierte Straße, die noch ein Stück durch den Wald, dann über die Brücken und schließlich in die Stadt führen würde. Auf der ersten Brücke machte sie halt. Das Wasser unter ihr floss still wie Blei, am Ufer waren im Morgengrauen ein paar einzelne Boote zu erkennen, die Bojen ruhten wie Steine im Fluss. Sie lehnte sich an das Geländer, blickte hinunter. Auf dem Geländer lagen Wassertropfen, die ihre Handballen kühlten; schon wenig später würden die Tropfen sich in den Ärmelstoff saugen, warm werden und nicht mehr zu spüren sein. Mit der Schuhspitze beförderte sie einen kleinen Stein ins Wasser, hörte das Eintauchen, sah die Ringe, die sich von diesem Punkt ausdehnten und immer schwächer wurden, dann zog der Fluss wieder still dahin. Die Vorstellung zu ertrinken war schön und friedlich: die Ruhe, die träge Strömung des Wassers, die der Körper, immer leicht verzögert, mitvollzog. Die Wirklichkeit, dachte sie, sah anders aus; wie immer.

Sie stand weiter ans Geländer gelehnt und merkte nun, wie falsch ihre Schuhe waren und wie kalt ihre nass gewordenen Hände, und dass der Riemen ihrer Handtasche ständig von der Schulter rutschte. Sie schloss die Augen und sah das Wasser jetzt noch dunkler und schwerer. Eine Müdigkeit, tiefer, als die letzten Tage sie nach sich ziehen konnten, wie über Jahre angesammelt, lähmte sie so, dass weiterzugehen unmöglich schien.

»Es gibt nichts Wichtigeres als Reden«, hatte eine dünne Blonde auf der Feier immer wieder gesagt, »die Menschen können gar nicht genug miteinander reden.« Und ein unbekannter Mann, der sich als Musiker vorgestellt hatte, erzählte ihr seine ganze Lebensgeschichte. Er war länger in einer psychiatrischen Klinik gewesen und erst nach vielen Tiefschlägen entlassen worden, dann war er bald wieder in eine Krise geraten und in eine neue Klinik gekommen. Dort hatte er vergeblich versucht, sich in die erste verlegen zu lassen, die er schon kannte. Sie hatte zugehört, geraucht, Gin getrunken und noch weiteren Leuten zugehört. Als sie wieder bei dem Musiker landete, redete er erneut von einer Psychiatrie, allerdings wusste sie jetzt nicht, von welcher der beiden oder einer dritten, jedenfalls hatten sich bei ihm bald wieder Krisen eingestellt.

»Und über all das werde ich ein Buch schreiben«, hatte der Musiker gesagt.

»Wenn das doch jemand verstehen würde«, rief die dünne Blonde auf der anderen Seite des Zimmers, »ganz egal wer, Hauptsache irgendjemand.«

Ein Pathologe, der zuvor länger in einem Sessel gedöst hatte, redete schnell und lächelte dabei vor sich hin, wie schon bei seinem Nickerchen; die Augen wirkten, als seien sie noch immer geschlossen, aber er redete.

»Das ewige Leben«, sagte er. »Eine Amerikanerin hat es schon erreicht. Allerdings nur auf der zellulären Ebene. Die Zellen ihres Gebärmutterhalskarzinoms ließen sich so gut vermehren, dass sie nun in den Labors der ganzen Welt verstreut sind. Die Frau selbst ist längst tot, schon seit den fünfziger Jahren. Ihre Zellen sind unter dem Begriff HeLa-Zellen bekannt, nach den Anfangsbuchstaben ihres Namens. Ich denke, man kann dies durchaus als ewiges Leben bezeichnen, natürlich nur, wenn man es relativ versteht. Und darum bemühen wir uns.«

Das Taxi kam leise von hinten herangefahren und hielt. Der Fahrer, ein alter Mann, beugte sich über seinen Sitz und machte ihr die Tür auf.

»Sie hatten sicher das Taxi bestellt«, sagte er. »Hier wurden mal wieder die Straßennamen geändert. Der Maulwurfstieg ist jetzt der Feenstieg, soll wohl die Preise hochtreiben.«

»Ja, das war ich.« Sie setzte sich auf die Rückbank. »Danke.«

»Das habe ich mir schon gedacht, die da auf der Brücke.«

Das Taxi fuhr langsam, nach der Brücke kam bald die zweite, kürzere, unten am Ufer lagen mehrere Bootsschuppen, in einem der Häuser dahinter brannte Licht. Schon, dachte sie, oder noch, und hatte zwei Bilder vor Augen. Eine Küche, am Tisch ein Mann, Kaffee und eine Zeitung. Auf der Wachstuchdecke Proviantstullen in Butterbrotpapier, in der Hand des Mannes eine North-State-

Zigarette, im Garten ein rotes Damenrad, auf dem Sattel eine schwarze Baskenmütze.

Oder ein Wohnzimmer, das gleiche wie eben auf der Feier, Musik, Qualm, viele Sätze, mit denen die Leute verstanden werden wollten, und Taten, Sätze über Taten, und alles, wovon die Leute sprachen, lag immer schon lange zurück.

»Wenig Verkehr um diese Zeit«, bemerkte sie.

»Ja«, sagte der Fahrer, beschleunigte aber nicht.

Und nach einer Weile: »Früher bin ich nachmittags und abends gefahren, dann die Schicht um Mitternacht. Jetzt fahre ich schon fünfzehn Jahre lang frühmorgens. Wenig Kunden, und sie reden nicht viel, jedenfalls zu dieser Zeit nicht mehr. Kein Kennenlernen und keine Eile.«

Nach einer weiteren Pause: »Schauen Sie mal, da drüben, die Traubenkirsche blüht.« Er zeigte nach rechts.

Aus der heller werdenden Nacht ragte ein weißer Baum auf, wie eine dunstige, über den Fluss geneigte Gestalt. Auf dem Wasser lag Nebel, ganz dicht über der Oberfläche, wie in der Luft eingefroren.

Auf einem längeren geraden Abschnitt beschleunigte der Fahrer, doch als sie sich der Brücke über den Meeressund näherten, bremste er fast auf Schritttempo ab.

»Gleich sieht man links den Mond«, sagte er. »Vollmond.«

Das Meer war dunkel, weit entfernt am Horizont wurde der Himmel eine Spur heller. Das Wasser bewegte sich, hier und da glänzte erstes Morgenlicht auf, und darüber hing, wie aus dem Meer gestiegen, ein großer, gelber Mond. Der Fahrer fuhr noch langsamer, öffnete das Fenster neben sich. Stille, Weite. Die Ränder des Mondes waren scharf umgrenzt, und doch schien er überall hinzustrahlen – weil man hineinschauen konnte, dachte sie, und es deshalb auch musste. In die Sonne konnte man nicht schauen.

Sie sah in den Mond, und da fiel es ihr ein. Am Nachmittag hatte sie sich ins Bett gelegt und war eingeschlafen, hatte im Traum das gerötete, zufriedene Gesicht ihres Vaters gesehen und dann das graue des Tabakverkäufers, seine dunkle Brille und die zitternden Hände, die die labbrigen Geldscheine anfassten wie die Karten eines Spiels, dessen Regeln man nicht kannte; dann war sie von lauten Stimmen aufgewacht, das Fenster stand offen.

»Du lässt die Steine liegen, wie sie sind, mein Junge!«, rief der Hausmeister des Nachbarhauses in den hallenden Hof hinunter. Er trug ein weißes Hemd und lehnte sich mit einer Zigarette über das Balkongeländer. »Hörst du nicht? Du drehst die Steine sofort wieder richtig rum!«

Sie stand auf, ging in der Wohnung umher, musterte der Reihe nach alle Möbel und

Gegenstände, deren Nutzen und Berechtigung sie, die Bewohnerin, überflüssig machten. Sie griff nach einer Bluse, die über einer Stuhllehne hing, legte sie wieder zurück, stand mit einer schmutzigen Tasse am Spülbecken, stellte auch die wieder zurück.

»Die Steine wieder richtig rum drehen«, wiederholte sie für sich selbst. »Richtig rum?«

Ihr war all das durch den Kopf gegangen, was Leute so machten und was man offenbar machen musste. Aber den Grund dafür, den kannte sie nicht.

Dann hatte sie ihren Mantel angezogen und war hinausgegangen. Draußen hatte ein freundlich aussehender Behinderter, der mit ihr zusammen bei Rot über die leere Straße ging, sie für einen Augenblick glauben lassen, dass es einen Grund gab und eine Aufgabe.

Der Mond glitt langsam am offenen Fenster vorbei, blieb hinterm Wagen zurück. Sein Licht glänzte auf dem neuen, ölig wirkenden

Straßenbelag und in den Wellentälern, dann schien er für einen Moment durchs Heckfenster: auf die Ledersitze, die Dachverkleidung, den schmalen Altmännernacken des Fahrers, seine kurzen grauen Haare. Sie drehte sich um und behielt den Mond im Blick, so lange, bis er vom Auto aus nicht mehr zu sehen war. Dann, als der Fahrer wieder beschleunigte, dachte sie zum ersten Mal an das Bett, in das sie sich gleich legen würde, und an den Mann, der dort schlief und von dem sie umso weniger wusste, je mehr sie miteinander redeten. Sie erinnerte sich an seine Angewohnheit von früher, ihr kurz vor dem Einschlafen die Hand aufs Haar zu legen, und dass er ihren Versuch, noch irgendetwas von sich zu geben, immer mit einem »Psst. Nichts sagen.« aufgefangen hatte. Aus seiner Hand schien eine warme, schlaffördernde Kraft zu fließen, und während ihre Arme und Beine noch kurz zuckten, begann sie schon zu träumen.

Sie erinnerte sich jetzt ganz genau daran, wie an ein lang vergessenes Leben, und das Auto fuhr immer weiter, und hinter ihr hing der Mond, alt und ewig schweigend, der bei einem bestimmten Stand auch in ihre Wohnung schien: in die Küche, in der jetzt nur das Licht der Straßenlaterne auf den leeren Esstisch, die Stahlspüle und das Regal mit der tickenden Uhr fiel, in das Wohnzimmer und in das Schlafzimmer, in dem ihr Mann schlief, atmete.

Sie schloss die Augen. Als sie sie wieder aufmachte, hatten sie die Stadt erreicht; auf den Pflastersteinen lag hauchdünn das rosa Morgenlicht, noch so waagerecht, dass die Furchen zwischen den Steinen im Schatten blieben. Dann hielt das Taxi an.

Das fremde Land

Eines Tages wusste ich, dass Zeit war zum Aufbruch. Draußen fiel Schneeregen, ich erinnere mich noch, dass ich am Fenster stand und nicht sehen konnte, wo die Horizontlinie verlief, die Leute gingen mit gesenktem Kopf vorbei, an der Fensterscheibe rannen senkrechte Bäche hinab.

Ich hatte angefangen, nachts mit den Zähnen zu knirschen und dabei zu wimmern wie ein kranker Hund. Morgens tat mir der Kiefer weh, als hätte ich stundenlang auf Steinchen gekaut.

Immer öfter dachte ich an andere Länder, Orte, an denen mich niemand kannte, mich niemand hasste oder liebte. Ich dachte an andere Sprachen, an Gespräche, die ich nicht verstand, und wie wohltuend das wäre. Ich dachte an die Sonne, an Hügel, Berge, weite Landschaften, durch die nichts anderes hindurchging als der Wind.

Ein halbes Jahr, und wir wohnten bereits woanders. In einer Wohnung, in der nichts an unser früheres Leben erinnerte. Alle Geräusche waren neu: Das Knarren der Fensterläden abends und morgens, das Bollern der Gastherme, wenn sie wieder ansprang, das Kratzen der Hundekrallen bei den Nachbarn oben, alle Geräusche von draußen. Die Leute gingen in einem Tempo, das ich nicht gewohnt war, und sogar der Wind schien ein anderer: zugig, kräftig, böig, dann wieder abrupt abflauend. Regen setzte plötzlich ein, fiel senkrecht und ausgiebig, danach leuchtete wieder die Sonne, der Himmel war klar, blau, wolkenlos.

Alles war fremd hier. Ich spazierte durch die Stadt, durch die schmalen Gassen und den Park im Zentrum, die Sonne beschien die fleckigen Stämme der Platanen, auf die

Wege fiel ein Wirrwarr von Schatten. Ich ging auf den Blumenmarkt, sah Chrysanthemen in allen Herbstfarben, über den Asphalt wehten Platanenblätter, trocken, aber fest, als würden sie nie vermodern. Ein Wind, der durch mich hindurchblies.

Ich kaufte eine Chrysantheme, mit Topf einen halben Meter hoch, und stellte sie auf den Tisch vor dem Fenster, von dort strahlte ihr tiefes Rot ins Zimmer. Eine Bekannte, die vorbeikam, sagte, dass Chrysanthemen für Allerheiligen gedacht waren, für die Toten, es waren Grabblumen, keine Wohnungsblumen.

Erst nach dreiwöchiger Blüte begann die Chrysantheme zu welken, und obwohl sie irgendwann hinüber war und die Farbe an altes Blut erinnerte, brachte ich sie nicht hinaus, sie gab noch immer einen Rest dunkles Licht ins Zimmer. Ich wollte abwarten, ob sie eine Erinnerung in mir weckte, aber es regte sich nichts.

Ich sah Kastanien auf die Straße fallen, stachlige grüne Schalen aufplatzen und dunkle reife Früchte herauskullern. Wir saßen draußen unter einem sanften, schwarzen Himmel, überall fielen jetzt die Kastanien zu Boden, es war die Jahreszeit. Sie landeten auf Autodächern und auf dem Asphalt, die Leute traten vor die Kneipen und hörten dem Kastanienregen zu, und ich führte mein Glas an die Lippen und wartete, dass sich eine Bedeutung einstellte. Ich hob eine Kastanie auf, die Schale war weich und fest zugleich, die Stacheln biegsam, innen lag die braune Frucht, absolut glatt, der Duft des fremden Landes, hier in meiner Hand.

Ich sah die Vögel, die jeden Abend bei Sonnenuntergang in dunklen Schwärmen von den Weinhängen in die Stadt flogen und den Himmel über uns bedeckten, sich dann plötzlich in den Bäumen niederließen, steil von oben in die Kronen flogen, fast wie ein Steinhagel. Dann waren die Bäume voller Vögel, die im Laub raschelten und deren Stimmen in der Dämmerung überall zu hören waren, ich lauschte ihnen, und ich lauschte nach innen. Es blieb stumm, kein Echo, die Vögel blieben Vögel eines fremden Landes, die Bäume fremde Bäume.

Wir fuhren weit, und wir kamen wieder. Ich sah schwarze, bewaldete Berge und die Schluchten dazwischen und das Abendlicht, das langsam erlosch und mit einem Mal verschwunden war. Nachts im Hotel wurden wir von einem Sturm geweckt, blaue Blitze leuchteten, bis morgens prasselte der Regen auf die Erde. Am nächsten Tag war der Fluss über die Ufer getreten, Platanen waren umgestürzt und von den Straßen auf die Felder geräumt worden. An einer sah ich einen noch frischen Kranz aus weißen und rosa Blumen. An dieser Platane hatte jemand einen tödlichen Autounfall, sagte mein Mann. Ich starrte den Kranz an; unter den Blüten schien sich ein kleines, soeben erwachtes Tier zu bewegen.

Wir lebten in Erwartung, waren leise, man hörte das Umblättern der Buchseiten, das Öffnen und Schließen der Türen, jeden Schritt. Wir warteten, dass das Warten endete. Und allmählich, nachts im Schlaf, erinnerte ich mich an den Hass der Menschen. Ich erinnerte mich an sein Wesen – ein über das Schreibheft gekipptes Tintenfass, sich langsam, aber sicher ausbreitende dunkle Flüssigkeit, die die Wörter bedeckte. Ich merkte, dass ich unter diesem Hass gesteckt hatte wie unter einer Decke in einem kalten Raum, dessen Fenster und Tür man dem Winter geöffnet hatte.

Vergessen kann man nur, an was man sich erinnert, sagte ich mir. Nacht für Nacht betrachtete ich, was gewesen war, und es leerte sich, entfernte sich, ich wartete, dass ich es wie ein zu Ende gelesenes Buch zurück ins Regal stellen konnte.

An einem Tag wischte ich den Fußboden. Die Sonne schien, die schwarzweißen Fliesen und das schmiedeeiserne Treppengeländer und der alte Holztisch glänzten. Ich hörte ein Rascheln in der Postsendung mit den Knäckebrotpackungen und schaute nach: Eine Maus entschlüpfte dem Paket und lief unter die Heizung. Nachts hörten wir sie nagen, manchmal zählten wir auf, was sie alles in der Speisekammer finden konnte. Wir stellten keine Mausefalle auf. Hin und wieder sah ich sie über den Boden huschen, klein, grau, mit schwarzen Augen, wie eine flüchtige gute Erinnerung tief unten im Bewusstsein, für die man keine Verwendung hatte.

Jede Nacht dachte ich an den Hass, der mich umgeben hatte, so dicht, dass ich weder hatte sprechen noch mich bewegen können, schließlich war er sogar in mich eingedrungen, hatte die Landschaft versteinert und den Geist. Stück für Stück erinnerte ich mich, und durch das Erinnern vergaß ich, und eines Tages sah das Tageslicht auf den Fliesen des fremden Hauses genauso aus wie der ruhige und doch berauschende Glanz der ersten Frühlingssonne auf alten Holzdielen, wenn draußen die Schneeschmelze einsetzt.

Wir richteten uns so ein, dass ein Zuhause daraus wurde, aus dem Steinhaus in dem fremden Land. Morgens wachte ich unter einer dicken Decke auf, und jede Nacht war das Bild eines anderen Hauses in mir aufgestiegen, das immer größer wurde und zugleich schöner, ein Haus am Parkrand, mit einem Turm und einem Holzzaun, der Garten eine einzige Schneefläche, über die die Spur einer Katze führte. Ich sah die Zimmer, unbewohnt, an jedem Morgen sauber, und das Sonnenlicht auf den Dielen. Ich schlüpfte in die Pantoffeln und ging in die Küche, wo es roch, als hätte man schon mehrere Morgen Kaffee gekocht und Brot geröstet. Unter der Heizung raschelte eine Maus, ich gab ihr Käse, dabei musste ich an eine andere Maus denken, die einst in einem fremden Land aus einer Knäckebrotsendung gekrochen und über den Fliesenboden gehuscht war.

Einmal saßen wir hinten in einem Auto, wir wollten in ein kleines Dorf am Hang eines Berges. Ein betagter Mann fuhr uns hin, an einer Biegung zeigte er auf einen kleinen Friedhof, sagte, dass dort seine Frau lag. Ich sah hin: Stille, schwarze Zypressen, darüber der Himmel, braune Erde, eine dunkle, tief stehende Sonne, nichts bewegte sich. Der alte Mann redete, murmelte immer weiter, vom Tod seiner Frau, bald darauf von dem seines Sohnes, es erinnerte mich daran, dass alle sterben mussten, und plötzlich verstand ich die fremde Sprache. Die Wörter waren die gleichen, die Dinge, der Fußboden, den ich wischte, immer der gleiche, und die Straße, die an diesem Friedhof vorbeiführte, war die gleiche Straße wie die, die in einem anderen Land an einem Friedhof vorbeiführte, an dem gleichen.

Ich sah nach draußen. Die Platanen kamen näher, flogen ruckartig vorbei, waren hinter uns. Der Wind griff in ihre Zweige, bewegte sie. An einem Weinhang flatterte ein Schwarm schwarzer Vögel auf, von weiter unten im Tal stieg feiner weißer Rauch empor, im Bach am Straßenrand glitzerte die untergehende Sonne. Der Gipfel rückte näher, über ihm schwebte die länger werdende, flockige Spur eines Flugzeugs.

Ich sehe die Natur erwachen, auf dem Schnee liegen Tannennadeln und Borkenstücke, es riecht nach Schmelzwasser und feuchter Erde, auf dem See schiebt der Wind Eisschollen umher, eine wellenartige Bewegung geht von einem Ufer zum anderen, und die Luft ist plötzlich angefüllt mit hellen Stimmen, und ich saß im Auto und verstand alle Wörter auf einmal.

Sie lässt Lücken

Nachwort

1

»Sollen wir nicht doch heiraten?« So romantisch klingen die Heiratsanträge in den Erzählungen von Raija Siekkinen. Immer geht es um das Leben, was mit ihm war und was in ihm wahrscheinlich nicht mehr passieren wird. Es »stellt Fallen auf«, dieses Leben, und nicht selten steht die von Julia Kristeva beschriebene schwarze Sonne am Himmel. Viele Geschiedene streifen durch diese Geschichten, Handwerker erzählen von abgetrennten Gliedmaßen und Todesfällen, kleine Boote gehen unter, Bürgersteige verschwinden unter fallendem Laub oder Schnee, Fische werden gefangen, es geht durch die Jahreszeiten und um die Frage, was Liebe sein könnte. Liebe müsste irgendwo sein in diesen Leben – sie scheint jedoch in die Tiefkühltruhe geraten zu sein, hartgefroren liegt sie dort, wie der riesige selbstgefangene Lachs, von dem einmal die Rede ist, über den Winter wird hin und wieder ein Stück von ihm mit der Eisensäge abgeschnitten.

Die Erzählungen zeigen uns Frauen und Männer in Finnland, auf dem Land, in der Stadt und unterwegs. Menschen in Häusern, deren Renovierungen nicht wie geplant voranschreiten, weil die Vergangenheit, die gar nicht vergangen ist, ihnen in die Quere kommt. Renovierungen dauern, Renovierungen entzweien die Paare. Siekkinens Protagonisten tragen ihre Geschichten mit sich herum, frühere, gescheiterte Beziehungen, die Liebe, die sie nicht mehr haben oder nicht mehr geben können oder ihnen einfach bloß fehlt.

Siekkinen hat keine Scheu vor großen Fragen (»Aber was ist die Liebe eigentlich?«) und schreibt Sätze, die erst schlicht daherkommen, um dann zu einem Erkenntnis-Tiefschlag auszuholen, Seufzer-Sätze wie »Vier waren wir, und alle schon einmal geschieden« schlagen plötzlich zu.

Sie können halbe Leben erzählen, diese Sätze, und lange Dauer raffen, einmal heißt es: »Ich kannte ihn schon, als er sich von seiner Familie trennte, und auch, als er sich von der Frau trennte, wegen der er seine Familie verlassen hatte.«

Die Traurigkeit des modernen Paarlebens packt Siekkinen in die unspektakuläre Aufzählung eines Haushaltsinventars: »Auch vieles andere hatten sie angeschafft, damit das Leben einfacher wurde: eine Geschirrspülmaschine, eine Waschmaschine mit Trocknerfunktion, eine Mikrowelle und ein zweites Telefon, da die Wohnung groß war.« Es wird allerdings nicht einfacher, dieses

Leben im perfekt eingerichteten Haushalt, nein, obwohl die Kaffeemaschine sogar einen Timer hat. Einfacher wird es nicht, es läuft so vor sich hin und verrinnt, es zeigt sich immer »voll von kleinen Anfängen und Enden«.

2

Ich bin sehr angetan von diesen getupften Erzählungen. Sie transportieren mich nach Finnland, in den kurzen finnischen Sommer, ans Meer und in ein Sommerhaus an einen See. Sie versetzen mich auf eine winterliche Landstraße, in eine kleine Wohnung in Helsinki und an den Flughafen Vantaa, eine Frau verabschiedet dort einen Mann, der Geliebte fliegt fort, er fliegt ohne sie nach Paris, sie bleibt mit ihrem Schmerz und dem neuen Rock zurück.

Ich bin so angetan von all diesen finnischen Realitäten, dass ich das gleich mitteilen möchte, ich schreibe einer finnischen Freundin, schreibe ihr, dass ich Raja Siekkinnen lese und begeistert bin. Die Freundin antwortet gleich, sie sitzt in einem finnischen Zug, unterwegs nach Oulu, grobe Richtung Polarkreis. Ob sie dort Liebe findet? War sie nicht auch auf der Suche?

Erzählungen sind gute Erzählungen, wenn sie in ihren Lesern eigene Geschichten auslösen. Wenn sie Leser denken lassen: Das kenne ich, das stimmt, das ist wahr, davon könnte ich auch erzählen. Diese Illusion im Leser hervorzurufen, ihn glauben zu lassen: Das hätte ich auch gekonnt, ich bin nur nicht dazu gekommen – das ist Siekkinens eigentliche Kunst.

Was so einfach aussieht, ist schwer, trotzdem tappe ich gern gleich selbst in diese Falle und bilde mir ein, ich könnte hier ansetzen und weitererzählen: Bin ich nicht auch schon mal in Helsinki abgeflogen? Gab es da nicht einen ähnlichen Abschied? Lag ich nicht einmal im Sommer am Ufer von Seurasaari und wollte zu einem Felsen schwimmen? Habe nicht auch ich schon einmal eine Frau gefragt, ob wir nicht doch heiraten sollten? Ich erschrecke mich ein wenig, Siekkinen zu lesen, heißt anscheinend, sich selbst zu lesen.

Dazu fallen mir Freunde und Bekannte ein, aus deren Leben sich ganz ähnliche Geschichten erzählen ließen: Wie oft sie sich getrennt haben und wieder zusammenkamen, wie verzweifelt, wie traurig der oder die nun ist, ich muss daran denken, dass ein Freund, der einmal ein bester Freund war, sich nun zum wiederholten Male in die Psychiatrie hat einweisen lassen wegen depressiver Erschöpfung.

Ich lese Siekkinens Geschichten, und andere Geschichten fangen an sich in meinem Kopf auszubreiten, sie erzählen sich von selbst. Siekkinen bereitet das vor, erzeugt die Stimmung, ihre Sätze und ihre Auslassungen stimulieren, sie lässt die Lücken, in die eigene Geschichten passen.

3

Frauen erzählen aus ihrem Leben, Männer sind schon tot oder einfach nicht da und eher keine Helden, Kinder kommen kaum vor, Abtreibungen werden erwähnt. Die Jugend ist vorüber, es wird beobachtet: »Im Winter saß ich manchmal abends im dunklen Zimmer und dachte an die Menschen, die ich kannte, daran, wie es ihnen ergangen war und wie es ihnen in Zukunft ergehen würde.«

»Was passiert mit ihnen allen?«, fragt sich die Krankenhaustelefonistin in einer dieser Geschichten. Ja, was passiert mit all diesen

Menschen? Und was *ist* mit ihnen passiert, dass sie so traurig sind? Was soll das bedeuten?

Die Telefonistin versteht, dass sie ihren Mann nicht mehr liebt. Diese Erkenntnis überkommt sie, während dieser ihr nach dem Saunagang den Rücken schrubbt. Dummerweise sagt er genau in diesem Augenblick: »Ich liebe dich.«

Sind Siekkinens Figuren bloß auf der Suche nach Trost? Wollen sie nicht getröstet werden, die Telefonistin, die den Betrug ihres Mannes nicht vergessen kann, der Mann nach seiner vierten Trennung, die Witwe, die immer noch trauert, die junge Frau, die sich selbst mit einem Pelzmantel vor dem Liebesschmerz schützt?

So schön leer. So leicht-schwer und so verzweifelt. So konzentriert, mit Lücken für die eigenen Geschichten sind diese Geschichten, schreibe ich der finnischen Freundin in den Zug nach Oulu. Voller Jahreszeitenwehmut und nicht ohne Klischeeberührung, der schweigsame Finne (»der ganze Streit kommt daher, dass wir einfach nicht reden!«) hat auch seinen Auftritt.

Kurioserweise schreibe ich ihr all das aus dem sehr unfinnischen Venedig – bin dabei aber eigentlich mit ihr unterwegs, irgendwo in Finnland.

David Wagner

Zum Buch

Frauen stehen im Mittelpunkt dieser zehn Erzählungen. Jede befindet sich in ihrem Leben
an einem Scheideweg. Eine Kleinigkeit löst
eine Gedankenkette aus, an deren Ende ein
Neuanfang steht, eine banale Autofahrt wird
zu einer Reise in ein neues Lebenskapitel.

In der Titelerzählung »Wie Liebe entsteht« kämpft eine Frau mit den Folgen der
Affäre ihres Mannes. In weiteren Geschichten müssen Frauen mit einer versuchten
Vergewaltigung oder dem plötzlichen Tod
ihres Mannes durch Herzversagen zurecht-
kommen.

Zur Autorin,
zu ihrer Übersetzerin und
zum Verfasser des Nachworts

Raija Siekkinen, geboren 1953 in Kotka, gehört zu den am meisten geschätzten finnischen Autorinnen. Sie veröffentlichte neun Kurzgeschichtenbände und mehrere Romane. Ihre Werke gelten als moderne Klassiker. Mit ihrem 1991 erschienenen Band *Wie Liebe entsteht* wurde sie für den Finlandia-Preis nominiert. Raija Siekkinen starb 2004 nachts im Schlaf bei einem Wohnungsbrand. Anlässlich des finnischen Gastlandauftritts erscheint auf der Frankfurter Buchmesse erstmals ein Werk von Raija Siekkinen in deutscher Übersetzung.

Elina Kritzokat, geboren 1971, ist eine der gefragtesten Übersetzerinnen aus dem Finnischen. Raija Siekkinen gehört zu ihren Lieblingsautorinnen.